西江北斗 万象宾客

一年好景 橙黄橘绿

河洛 著

群众出版社

图书在版编目（CIP）数据

一年好景橙黄橘绿 / 河洛著 . —北京：群众出版社，2019. 4
ISBN 978-7-5014-5970-4
Ⅰ. ①一… Ⅱ. ①河… Ⅲ. ①随笔—作品集—中国—当代 Ⅳ. ①I267. 1
中国版本图书馆 CIP 数据核字（2019）第 130763 号

一年好景橙黄橘绿 河 洛 著

出版发行：群众出版社
地　　址：北京市丰台区方庄芳星园三区十五号楼
邮政编码：100078
经　　销：新华书店
印　　刷：天津盛辉印刷有限公司

版　　次：2019 年 10 月第 1 版
印　　次：2019 年 10 月第 1 次
印　　张：7.125
开　　本：880 毫米×1230 毫米　1/32
字　　数：210 千字

书　　号：ISBN 978-7-5014-5970-4
定　　价：39. 00 元

网　　址：www. qzcbs. com
电子邮箱：843195700@ qq. com

营销中心电话：010-83903254
读者服务部电话（门市）：010-83903257
警官读者俱乐部电话（网购、邮购）：010-83903253
文艺分社电话：010-83901730　　010-83903973

目 录

黍

谷物的种植，是把寻觅食物的过程从充满危险且凭借运气，变成一项稳妥、扎实、安全、可预期的劳作。于是，人们每天的生活，从冒打冒撞，变成了充满了希望；从慌乱、焦急、烦躁和无能为力，变成了按部就班、精心培育和到时收割；从你害怕什么时候连自己也不能养活了，到你确信可以长期养活一家人；从你从来不知道什么时候会有闲暇，变成了确定每年固定的农闲时光。于是，闲暇产生了，闲人也产生了。这太重要了，因为从古至今，科学技术、文化艺术都要靠着这些个闲人才能得到发展呢。

在浩瀚如蓝天、璀璨若星海的人类文明映照下，粮食显得那样沉寂、那样黯淡。但恰恰是粮食，这人类最稳定的食物来源，从而也是人类繁衍生息的唯一重要保障，默默地在文明的背后，悄无声息地支撑着这一切。

黍，在古时是中国北方粮食作物的代表。之所以这样说，是有考古研究作为依据的。考古研究证实，在距今七千多年前的河北磁山南洺河之阳的磁山文化遗址中①，出土有八十多个粮食窖穴，窖穴里粮食堆积厚度在三十厘米至两米左右。其中，有十座粮窖的粮食堆积在两米以上。②经测定，磁山遗址粮窖中粮食的储存量可达十万斤以上③，这些粮食究竟是什么呢？学者们运用植硅体法对这些粮食遗存进行了鉴定后认为：其中绝大部分都是黍，还含有极其微量的粟；这些黍类遗存最早距今有万年左右的时间；是北方最早驯化的植物。④ 同时，人们用碳 13 方法来测定古代人的食谱发现：公元前 5000 年至公元前 3000 年的仰韶文化时期，人们的食物中，黍、粟类食物已占到了一半；而到了尧舜所处的龙山文化时期，粟、黍类食物占到了七成⑤。

黍也是中国典籍提到的最古老的粮食之一。《史记·五

---

① 邯郸市文物保管所、邯郸地区磁山考古队短训班：河北磁山新石器遗址试掘 [J]，《考古》，1977 年第 6 期，第 361-372 页。

② 河北省文物管理处、邯郸市文物保管所：河北武安磁山遗址 [J]，《考古学报》，1981 年第 3 期，第 303-338 页。

③ 佟伟华：磁山遗址的原始农业遗存及其相关的问题 [J]，《农业考古》，1984 年第 1 期，第 194-207 页。

④ Lu H., Zhang J., Liu K., Wu N., Li Y., Zhou K., Li Q. (2009). Earliest domestication of common millet (panicum miliaceum) in east asia extended to 10,000 years ago. Proceedings of the National Academy of Sciences of the United States of America, 106 (18), 7367-7372.

⑤ 苏秉琦：《重建中国古史的远古时代》[J]，《史学史研究》，1991 年第 3 期，第 1-9 页。

帝本纪》说，黄帝培育了五谷：黍、稷、菽、麦、稻①。黍居第一。黄帝，是公元前2550年至公元前2450年的中国国君②，比河北磁山文化遗址所发现的黍要晚几千年。可见在黄帝之前，黍早已作为人们的主要食物而存在。黄帝的贡献，大约在于他培育了优质黍种，使黍的产量大幅提高。所以，黄帝之于当时之黍，大约相当于袁隆平先生之于当今之水稻。

黍，今之黄米，有黏和不黏两种；两者相对而言，则黏的称为黍，不黏的称为穈，亦称穄；统称的话，皆谓之黍。③

黍为什么叫“黍”呢？因为黍成熟于大暑时节，所以称“黍（音‘暑’）”④。除了黄米，黍还有另外一个品种：黑黍。黑黍又称“秬⑤”。

黍在中国古代的五谷之中，地位最为尊崇，是五谷之长。黍为什么可以拥有如此崇高的地位呢？大约不仅因为黍是最早驯化的粮食作物，还因为黍生命坚韧、存活力强，

---

① ［汉］司马迁：《史记》［M］，［宋］裴骃集解、［唐］司马贞索隐、［唐］张守节正义，北京：中华书局，1999年版，第3–4页。

② 齐思和、刘启戈、聂崇岐、翦伯赞（编著）：《中外历史年表》［M］，北京：生活·读书·新知三联书店，1958年第1版，第3页。

③ ［清］程瑶田：《九谷考》，转引自：［清］王先谦：《诗三家义集疏》［M］，吴格点校，北京：中华书局，1987年第1版，第315–316页。

④ ［汉］许慎：《说文解字》［M］，北京：九州出版社，2001年第1版，第405页。

⑤ 《十三经注疏》整理委员会（整理），李学勤（主编）：《尔雅注疏》［M］，［晋］郭璞注，［宋］邢昺疏，李传书整理，徐朝华审定，北京：北京大学出版社，1999年第1版，第240页。

因而产地十分广泛，养育人口数量众多的缘故吧。就目前已出土的考古遗迹来看，距今八千年前后，黍就种植在北京、西辽河流域的内蒙古，以及辽宁、渭河流域的甘肃，黄河中下游的河北、山西、河南、山东等地的大片土地上。[①] 当然，未出土的黍的种植遗迹怕是还有许多。黍有时甚至是贫瘠的土地上唯一可以生存的粮食作物。孟子说过，貉国这个地方，不生五谷，只有黍可以生长："夫貉，五谷不生，惟黍生之。[②]"

黍在中国古代，到底拥有如何显赫的地位呢？古代帝王最荣耀的时刻，便是封禅。通过封禅，祭祀了天地，才算真正受命于天而治理人世。在封禅这样顶级隆重盛大的活动中，祭祀天地需要四种祭品，代表着四方臣民的宾服。这就是所谓的西鹣东鲽、南茅北黍[③]。黍，代表着北方臣民对帝王拥戴，也就象征着帝王对北方的统治。这个北方之黍，说的是哪里的黍呢？管子认为，是鄗上之黍。[④] 鄗上又是哪里呢？鄗县属常山。[⑤] 汉光武帝刘秀即位时，把

---

① 李国强：北方距今八千年前后粟、黍的传播及磁山遗址在太行山东线的中转特征［J］，《南方文物》，2018 年第 1 期，第 229-251 页。

② ［清］焦循：《孟子正义》［M］，沈文倬点校，北京：中华书局，1987 年第 1 版，第 856 页。

③ 语出［南朝］刘勰：《文心雕龙》，见黄叔琳（注），李详（补注）：《增订文心雕龙校注》［M］，杨明照校注拾遗，北京：中华书局，2000 年第 1 版，第 295 页。

④ 黎翔凤：《管子校注》［M］，梁运华整理，北京：中华书局，2004 年第 1 版，第 953 页。

⑤ ［汉］司马迁：《史记》［宋］裴骃集解、［唐］司马贞索隐、［唐］张守节正义，北京：中华书局，1999 年版，第 1166 页。

常山郡鄗地改名为高邑。[①] 所以，古之鄗上，也就是现在石家庄的高邑县了，距离磁山文化遗址不远。

齐桓公称霸之时，很想上泰山封禅。但当时鄗归鲜虞国所有。后来鲜虞被赵所灭，赵又于公元前 222 年为秦所灭。一年后，齐国也被秦国吞并。所以，齐桓公尽管“九合诸侯，一匡天下，诸侯莫违”[②]，他和他的子孙后代们终究没有得到鄗上之黍，而封禅也只能由最终得到鄗上之黍的始皇帝举行了。

回溯历史的长河，回到黍是人类餐桌耀目明星的时代，作为最早被驯化的农作物之一，黍的食用方法多种多样、丰富多彩，远超今人对古人落后、原始之刻板印象。

在陶器发明以前，人们是怎么吃黍的呢？孔子说，是把黍和撕开的猪肉放在烧热的石头上烤着吃，即“燔黍捭豚”[③]。但到底是把黍粒还是把整把黍穗放石头上烤熟吃呢？孔子没有明说，大概兼而有之吧。也就是说，讲究一点的富贵人家，吃烤黍粒；普通人家没人服侍，就直接烤黍穗吃，像今天吃的烤麦穗那样吧。

陶器出现之后，人们就使用陶器煮黍粥，或者做黍饭吃了。距今七千多年前的磁山文化遗址中，出土了很多陶

---

① ［汉］班固：《汉书》［M］，［唐］颜师古注，北京：中华书局，1999 年版，第 1575-1576 页。

② 语出《管子》，见黎翔凤：《管子校注》［M］，梁运华整理，北京：中华书局，2004 年第 1 版，第 953 页。

③ ［清］孙希旦：《礼记集解》［M］，沈啸寰、王星贤点校，北京：中华书局，1989 年第 1 版，第 586 页。

盂、陶罐、陶鼎，但并未出土用来蒸饭的陶甑（音“赠”）①，说明当时人们大约还没有吃过蒸熟的黍饭。

不过，在此后不到两千年的时间里，人类的制陶工艺飞速发展。在距今五六千年的陕西半坡遗址中，就有红陶甑出土。那个红陶甑虽已具备了蒸屉的功能，但锅底镂空圆孔的分布很随意，没有什么规律和美感。

半坡文化遗址的红陶甑（河洛摄于陕西省历史博物馆）

在距今五千年的仰韶文化时期，就有非常美丽的陶甑出土了。甑底的镂刻十分令人震撼，需要有高超的数学修养和独特的艺术造诣才能实现。新郑市博物馆展出的一个甑，底部的镂空花样分为三层：位于中心的是一个非常规矩的圆孔。第二层是五个椭圆形的孔；这五个孔的外沿又组成一个十分规整的圆。第三层是十二个对称的呈放射状排列的椭圆形

① 河北省文物管理处、邯郸市文物保管所：河北武安磁山遗址［J］，《考古学报》，1981 年第 3 期，第 303-338 页。

孔。没有精密的计算和对圆及椭圆深刻的理解，休想制出这样的图案。

甑显然并不能单独用来烹饪，要想用它蒸东西吃，需要和鬲（音“离”，也就是蒸屉下面用来盛水的锅）组合起来。这就是甗（音“演”），即蒸锅。所以，有时古人干脆也直接制作连体式的甗。说起甗，最著名的莫过于安阳出土的商代妇好三联甗了。那是在一个长方形鬲上，并排放置三个甑，可以同时蒸三样食物。

仰韶文化时期的陶甑（河洛摄于新郑市博物馆）

好了，现在蒸锅也有了，那古人究竟都怎么制作黍饭呢？

首先，当然是熬黍粥喝。黍粥有稀有稠。黍做的稀粥，叫黍酏（音“以”），是古人的六饮之一。[①] 黍也可以做成很稠的粥，叫黍饘（音“沾”）[②]。喝黍粥，并不是单单只

① ［清］孙希旦：《礼记集解》［M］，沈啸寰、王星贤点校，北京：中华书局，1989年第1版，第742-743页。

② ［清］孙希旦：《礼记集解》［M］，沈啸寰、王星贤点校，北京：中华书局，1989年第1版，第742-729页。

妇好三联甗（河洛摄于中国国家博物馆）

有粥可用。做晚辈的还要为家中的长辈准备好枣、栗、饴、蜜，用以为粥增添甘味。[①] 黍粒小，且似乎很易解放心胸。熬粥需时较短，汤汁非常浓稠，有一种独特的香味。无论是在煎炒烹炸的美食大快朵颐之后，还是萧然四壁饥肠辘辘的时刻，这样的一碗热腾腾的黍米粥，皆能令人腹内舒泰，是真正的甘肥清素两相宜之物。说到黍的香，那是得到公认的。黍已经香到使古人以黍之甘芳来定义“香”本身，“香”的古字是上黍下甘。因此，许慎对“香”的解释是：“芳也，从黍从甘。”[②] 孔颖达说，因为黍既软而相合，且气息又香，因而在祭宗庙之礼时，黍拥有“芗合”之美名[③]。

黍还可以酿酒喝。黍做的甜酒有两种：过滤过的清酒

① 吕友仁、吕咏梅（译注）：《礼记全译·孝经全译》［M］，贵阳：贵州人民出版社，1998年第1版，第514页。

② ［汉］许慎：《说文解字》［M］，北京：九州出版社，2001年第1版，第406页。

③ ［清］孙希旦：《礼记集解》［M］，沈啸寰、王星贤点校，北京：中华书局，1989年版，第155页。

和未过滤的糟酒[①]，统称为醴（音“里”）。黍酒，和黍粥一样，亦有一种独特的香味。《西京杂记》记载，汉高祖与戚夫人每年要在九月九重阳节那天，用盛开的菊花及其茎叶，杂以黍米酿酒，到来年九月九才算酿好，过节那天饮用，是谓菊花酒[②]。汉高祖和戚夫人用黍和菊花酿酒，大约是比较讲究的。单说黍酒本身，应该算是一种非常家常的酒。它是连最偏远的小村子里，家家户户都会酿些自用的那种。白居易四十岁那年，母丧丁忧回乡，说自己居住的那个小村子是“荒村百物无[③]”。于是，他自己种了三十亩黍和二十畦薤，打算好了冬天用黍来酿酒，春天吃薤菜，即“望黍作冬酒，留薤为春菜[④]”。陆游晚年退居家乡，经常写诗说很穷，有时甚至薪米不继，但也会有黍酒喝。他曾做《村居》诗，描述暮年的乡村生活，喝黍酒，吃腌瓜菜：“黍酒浓浮瓮，瓜菹绿映盘。[⑤]”

除了熬粥和酿酒，黍当然也要当作蒸饭吃。关于蒸饭，《论衡》有一篇如何将粟蒸成饭的详细记载：“舂之於臼，

---

① 吕友仁、吕咏梅（译注）：《礼记全译·孝经全译》[M]，贵阳：贵州人民出版社，1998年第1版，第527页。

② [晋] 葛洪：《西京杂记》，见无名氏、[晋] 葛洪：《燕丹子·西京杂记》[M]，无名氏：《燕丹子》，程毅中点校，[晋] 葛洪：《西京杂记》，北京：中华书局，1985年第1版，第20页。

③ [唐] 白居易：《村居卧病三首》，见 [清] 彭定求等（编纂）：《全唐诗》[M]，北京：中华书局，1980年第1版，第4787页。

④ [唐] 白居易：《村居卧病三首》，见 [清] 彭定求等（编纂）：《全唐诗》[M]，北京：中华书局，1980年第1版，第4787页。

⑤ [宋] 陆游：《村居》，见傅璇琮、倪其心、孙钦善、陈新、许逸民（主编）：《全宋诗》[M]，北京：北京大学出版社，1995年第1版，第24964页。

簸其粃糠；蒸之於甑，爨之以火，成熟为饭，乃甘可食。[1]”粟既然可以蒸食，黍当然也可以。北宋著名文学家，曾和欧阳修一起修撰《新唐书》的宋祁，其诗中有“甑黍惊方熟[2]”。南宋的陆游，也曾写《旅食》说：“炊黍香浮甑，烹蔬绿映盘。[3]”

黍饭蒸好，上面加上肉酱，再浇上热油，使滋味更加醇厚。这就成了《周礼》天子饮食的八珍之一：淳母[4]。除了饭以外，黍还被用来制成点心，供祭祀使用。用稻米粉和黍粉做原料，蒸制而成的点心称为糗饵，制成饼就称为粉粢[5]。如果和面时加上蜂蜜，这就是蜜饵了。《楚辞·招魂》欲用美食招得魂魄归来，“蜜饵”便是美食之一[6]。

淳母、饵饼什么的，都是天子贵族饮食，当然精致奢华。平民也吃黍饭，但没有这么讲究。普通人家的普通日子里，也就是黍饭配上蒸菜吃。王维曾写诗描绘农忙时分，

---

① 黄晖：《论衡校释》[M]，刘盼遂集解，北京：中华书局，2006年第1版，第550-551页。

② [宋] 宋祁：《喜连君锡过郡》，见傅璇琮、倪其心、孙钦善、陈新、许逸民（主编）：《全宋诗》[M]，北京：北京大学出版社，1995年第1版，第2534页。

③ [宋] 陆游：《旅食》，见傅璇琮、倪其心、孙钦善、陈新、许逸民（主编）：《全宋诗》[M]，北京：北京大学出版社，1995年第1版，第24285页。

④ 《十三经注疏》整理委员会（整理），李学勤（主编）：《礼记正义》[M]，[汉] 郑玄注，[唐] 孔颖达疏，龚抗云整理，王文锦审定，北京：北京大学出版社，1999年第1版，第855页。

⑤ 《十三经注疏》整理委员会（整理），李学勤（主编）：《周礼注疏》[M]，[汉] 郑玄注，[唐] 贾公彦疏，赵伯雄整理，王文锦审定，北京：北京大学出版社，1999年第1版，第136页。

⑥ 林家骊（译注）：《楚辞》[M]，北京：中华书局，2009年第1版，第216页。

雨后炊烟升起，妇人们蒸菜做黍饭送去村东，给忙碌耕田的人食用的景象，即“积雨空林烟火迟，蒸藜炊黍饷东菑[1]”。

古人包粽子，用的也是黍，称角黍，是用菰叶（即茭白叶子）包了黍米，煮熟了吃。《风土记》说：仲夏端午节，用菰叶把黍包起来做成角黍[2]。所以，历代文人们的端午诗词中，多有角黍出现。这些诗词，大多热闹、欢乐、祥和。比如：欧阳修写道：“五月榴花妖艳烘，绿杨带雨垂垂重。五色新丝缠角粽。[3]”角黍的味道怎么样，大多数人都没说。或许在大多数文人眼里，角黍只是过节时的一项点缀，并未太在意角黍的味道。但是，有一个人把角黍的味道写得令人馋涎欲滴。那就是宋人项安世。他好几年没有吃到角黍，有一年端午吃到久违的美味，大喜过望，把那剥着青菰叶、蘸着甜蔗浆、饮着菖蒲酒的过程写得令人垂涎三尺：“旋剥青菰香满手，试餐黄颗软粘唇。蔗浆下箸甘无敌，昌本浮杯小作巡。[4]”白居易并没有亲口说过爱吃角黍，但从刘禹锡的诗中可以看出，他似乎很喜欢吃角黍。那时，白居易晚年任太子少傅，留守东都洛阳，和同在洛

---

① ［唐］王维：《积雨辋川庄》，见［清］彭定求等（编纂）：《全唐诗》［M］，北京：中华书局，1980年第1版，第1298页。

② ［唐］徐坚等：《初学记》［M］，北京：中华书局，1962年第1版，第73页。

③ ［宋］欧阳修：《渔家傲·五月榴花妖艳烘》，见唐圭璋编：《全宋词》［M］，北京：中华书局，1965年第1版，第136页。

④ ［宋］项安世：《食角黍怀江陵》，见傅璇琮、倪其心、孙钦善、陈新、许逸民（主编）：《全宋诗》［M］，北京：北京大学出版社，1995年第1版，第27422页。

阳的刘禹锡、裴度往来甚密。他笃信佛教。有一年 5 月，白居易要办法事，斋戒一个月，不参加朋友们的往来送迎了。刘禹锡写诗说他："黍用青菰角，葵承玉露烹。①" 一个月都在吃角黍，那他应该是很喜欢吃的了。

角黍的本意，是为了纪念屈原。《续齐谐记》说，楚人最初把黍米放在竹筒里，投入水中祭奠他。后来，有人见到自称三闾大夫的人说这样祭祀很好，但要用茭白叶把黍米包起来，防止蛟龙来抢②。这个说法并未受到一致认可，宋末文坛领袖刘克庄就曾对此嗤之以鼻。

他对屈原的仰慕是如此之深，以至于如此挑剔，不能容许世人对自己偶像有一丝一毫的冒犯。他认为屈原性情清洁、魂魄风流，用角黍来纪念他实在荒谬，特别唐突！于是，耿直清正的刘克庄多次在诗词中嘲讽、驳斥端午节吃角黍的习俗。他做《贺新郎·端午》一词说，谁信屈原那样风雅的人会喜欢吃角黍呢？还要和蛟龙抢？"谁信骚魂千载后，波底垂涎角黍。又说是，蛟馋龙怒。③" 又做《乙卯端午十绝》，说人家屈原是吃菊花、饮朝露的人，平生不会随波逐流。说他与龙争角黍，不是诽谤是什么？！"餐菊

---

① ［唐］刘禹锡：《乐天少傅五月长斋广延缁徒谢绝文友坐成暌间因以戏之》，见［清］彭定求等（编纂）：《全唐诗》［M］，北京：中华书局，1980 年第 1 版，第 4093 页。

② ［唐］徐坚等：《初学记》［M］，北京：中华书局，1962 年第 1 版，第 73 页。

③ ［宋］刘克庄：《贺新郎·端午》，见唐圭璋（编）：《全宋词》［M］，北京：中华书局，1965 年第 1 版，第 2625 页。

饮朝露，平生不歠醨。与龙争角黍，无乃谤湘累。[1]”

只可惜寡不敌众，他的抗争没有取得成功。时至今日，端午节里，大家还是以这样的方式纪念屈原，不过把角黍变成了糯米粽。

无论如何，作为古人主食的黍，带给了人类一万年之久的幸福感和满足感。理所应当的，黍便成了中国古人生活的中心。黍的作用早已不限于食材。它不仅成了中国古人生活中的标准和典范，还承载着人们关于宗庙社稷、关于生活、关于情感的浓墨重彩，是古人家国情怀的寄托，是天人合一思想的反映，是赡养父母的重要凭借，亦是精神和灵魂的归宿。人们对于黍的情感和重视贯穿了一生。于是，黍便出现在了人们一生中所有的重要时刻，见证了悲喜，见证了离合，也见证了战争，见证了王权。这是人类和谷物最为亲密的时刻。而这种亲密的感觉，在食物极大丰富的今天，便渐渐消失在“乱花渐欲迷人眼[2]”的浮躁之中了。

黍，曾是人们度量衡的标准。黑黍，也叫秬，自古便作为度量衡的标准而存在，是长度、容积和重量的测量标准。把中等大小的秬黍并排放置，十个为一寸长、十寸为

---

① ［宋］刘克庄：《乙卯端午十绝》，见傅璇琮、倪其心、孙钦善、陈新、许逸民（主编）：《全宋诗》［M］，北京：北京大学出版社，1995 年第 1 版，第 36426 页。

② ［唐］白居易：《钱塘湖春行》，见［清］彭定求等（编纂）：《全唐诗》［M］，北京：中华书局，1980 年第 1 版，第 4957 页。

一尺长。[①] 这样的尺，便称为黍尺。容器能够装中等大小的秬黍二千四百个为一合，十合为一升。[②] 中等大小的秬黍二千四百个为一两，三十斤为一钧。[③] 所以，千钧之重，就是中等大小的秬黍十一亿五千二百万个了。

秬黍酿制的酒，是祭祀宗庙时不可或缺的。秬黍酿制的酒称为秬鬯（音"畅"）[④]，与一般粮食酿造的酒不同。秬鬯是一种了不得的酒，为祭祀宗庙、行灌礼所需要，由鬯人专门负责酿制和供应；鬯人把酿好的秬鬯交给郁人；郁人负责煮郁金，用之以和鬯酒，使秬鬯更加芳香浓郁，称为郁鬯[⑤]。郁金是一种香草，并非荷兰国花郁金香。

郁金的香气来源于它的根及根茎。在各种自然香料中，郁金的香味算是十分浓郁的，且郁金的香味与黍酒本身的香味十分接近，因而二者才能相得益彰，又相辅相成、珠

---

① ［汉］班固：《汉书》［M］，［唐］颜师古注，北京：中华书局，1999 年版，第 966 页。

② ［汉］班固：《汉书》［M］，［唐］颜师古注，北京：中华书局，1999 年版，第 967 页。

③ ［汉］班固：《汉书》［M］，［唐］颜师古注，北京：中华书局，1999 年版，第 969 页。

④ 《十三经注疏》整理委员会（整理），李学勤（主编）：《周礼注疏》［M］，［汉］郑玄注，［唐］贾公彦疏，赵伯雄整理，王文锦审定，北京：北京大学出版社，1999 年第 1 版，第 435 页。

⑤ 《十三经注疏》整理委员会（整理），李学勤（主编）：《周礼注疏》［M］，［汉］郑玄注，［唐］贾公彦疏，赵伯雄整理，王文锦审定，北京：北京大学出版社，1999 年第 1 版，第 508-511 页。

联璧合。祭祀宗庙时行灌礼所用之酒，就是郁鬯①。以郁鬯献给天地，使“其汁下入于地，其气上升于天，芳香条畅于上下②”。

郁金手绘图（河洛摄于广东省博物馆）

行灌礼是宗庙之盛礼。在此项礼仪中担任主角的秬鬯酒因此而具有了一种仪典上的尊崇地位，并成为天子对诸侯最高规格的赏赐。说起天子对诸侯的赏赐，一共有九种，即所谓“九锡”：车马、衣服、乐则、朱户、纳陛、虎贲、鈇钺、弓矢、秬鬯。③ 这九种赏赐依次而行，秬鬯是最高的等级。不赏赐秬鬯，诸侯祭祀宗庙需要使用秬鬯时，就必须去向天子求取。只有天子赏赐了秬鬯，即“加九锡”，

---

① 《十三经注疏》整理委员会（整理），李学勤（主编）：《周礼注疏》[M]，[汉] 郑玄注，[唐] 贾公彦疏，赵伯雄整理，王文锦审定，北京：北京大学出版社，1999 年第 1 版，第 460 页。

② 《十三经注疏》整理委员会（整理），李学勤（主编）：《周礼注疏》[M]，[汉] 郑玄注，[唐] 贾公彦疏，赵伯雄整理，王文锦审定，北京：北京大学出版社，1999 年第 1 版，第 435 页。

③ [清] 陈立：《白虎通疏证》[M]，吴则虞点校，北京：中华书局，1994 年第 1 版，第 302 页。

散发芳香的郁金根茎（河洛摄于广东省博物馆）

此后诸侯才能自行酿造秬鬯用以祭祀。① 因此，这种赏赐不仅仅是物品的一次性赏赐，而是同时赏赐了自行制造物品、使用物品的权力。各地先秦文化遗址发掘时，多有青铜卣出土。那便是诸侯求取或天子赏赐秬鬯时所用的酒具和礼器了。信阳罗山县莽张乡天湖村曾出土商代息国高等贵族墓，陪葬的青铜礼器中有一件商代夔纹提梁卣，出土时里面竟装满了商代的酒。这酒大有可能便是秬鬯了。

黍是秋季祭祀天地、宗庙的新物。古时食物得之不易。一旦得之，必得诚敬感谢天之赐、地之生；再以新熟之物祭祀先祖，方敢自用。黍在初秋时成熟。所以，秋祭一定要用黍。这就是《春秋繁露》所说的："新天赐至，必先荐之，乃敢取食之，尊天敬宗庙之心也。②"

---

① ［清］陈立：《白虎通疏证》［M］，吴则虞点校，北京：中华书局，1994 年第 1 版，第 302-312 页。

② ［汉］董仲舒：《春秋繁露》［M］，［清］凌曙注，北京：中华书局，1975 年第 1 版，第 560 页。

黍，会出现在人一生中所有的重要场合。比如：出现在婚礼、葬礼及诸侯之间国事访问的食礼中。在婚礼中，黍饭和稷饭要用敦（音“对”）盛放。只等黄昏阳往阴来时分，新郎去把新娘接进门，行祭祀礼和食礼时，两人便需吃三口饭，并配之肉羹、酱等。这便是所谓的同牢之礼，三饭而成礼①。

商代息国夔纹青铜卣，内装三千年美酒
（河洛摄于信阳市博物馆）

说起敦，要啰嗦一句。敦的盖和器两部分是完全一样的半球，合起来就成了一个球体。这一“上下内外皆圆为异②”的奇特之处，使其与同为黍稷容器的簋（音“轨”）、簠（音“辅”）区别开来。相比于鼎、簋和簠，敦就太少见了。

---

① 《十三经注疏》整理委员会（整理），李学勤（主编）：《仪礼注疏》［M］，［汉］郑玄注，［唐］贾公彦疏，彭林整理，王文锦审定，北京：北京大学出版社，1999年第1版，第83页。

② 《十三经注疏》整理委员会（整理），李学勤（主编）：《尔雅注疏》［M］，［晋］郭璞注，［宋］邢昺疏，李传书整理，徐朝华审定，北京：北京大学出版社，1999年第1版，第204页。

战国晚期镶嵌几何纹敦（河洛摄于上海市博物馆）

在诸侯国之间的相互聘问（访问）礼以及诸侯国君宴请他国使节所行的食礼中，黍同样具有重要地位。不过，此时的黍，不再用敦盛放，而是用簋和簠盛放了。

此外，在葬礼中，亦要多次用到黍。

黍是孝敬父母的重要凭借。或者黍并没有给人以最高级的味觉享受，但黍一定给了人一生中最重要的东西，那就是依靠和希望。全家人一年的口腹之欲，全都寄托在黍的身上。因此，黍是中国人关于孝道最朴素、最原始的追求。什么爱惜身体发肤，孝之始也，立身行道，孝之终也[①]，不过是圣人对于孝道的深度解读。其实，对于最广大、最朴实的庶人而言，所谓孝道，首先是奉养父母一日两餐的黍饭。所以，耕者看到黍禾生长在田野中，仿佛看到全家未来的食物，心中便升起

① 汪受宽:《孝经译注》[M]，上海：上海古籍出版社，2004年第1版，第2页。

安然和愉悦。那是全家生活的依仗啊，自然是爱之如命。况且，它本身就又是那么欲随风舞、垂颖若醉、温柔可爱的样子。而在起于晋昭侯的近七十年大乱中，战事频仍，民多劳役，无法耕种稷黍，无力赡养父母，就有"王事靡盬、不能艺稷黍、父母何怙"① 的呼号。

甘肃礼县大堡子山秦公墓地出土的春秋早期秦公簋（河洛摄于上海市博物院）

春秋早期山奢虎簠（河洛摄于上海市博物馆）

若是禾黍长的不是地方，偏偏生于故国宫室倾颓之旧址上，看到的人或许就不那么快乐了，反而会产生家国兴亡之叹。纣王的亲戚箕子，就是其中之一。殷亡后箕子朝周，路过殷之故墟时，看到宫室皆毁，而禾黍生于其上。箕子强忍伤悲，做诗以

---

① 《诗经·鸨羽》，见［清］王先谦：《诗三家义集疏》［M］，吴格点校，北京：中华书局，1987年第1版，第427–428页。

咏之："麦秀渐渐兮，禾黍油油。彼狡僮兮，不与我好兮！[①]"这不与我好的狡童，便说的是那恨其不争、哀其亡国的纣王了。

但是，在不到三百年的时间里，周幽王宠褒姒而使西周灭亡，东周建都洛阳，西周镐京废败，重蹈殷商之故事，宗庙宫室亦皆为禾黍。周大夫行役至镐京，哀周室颠覆，彷徨不忍去而做《黍离》诗："彼黍离离，彼稷之苗。行迈靡靡，中心摇摇。知我者谓我心忧，不知我者谓我何求。"[②] 自此，"黍离之痛"便成了文人墨客悲悼"社稷焚灭、山陵夷毁[③]"之哀叹。北宋灭亡，士大夫南渡；南宋战乱频仍，士人颠沛流离。回忆起故都汴京，不少士人便升起黍离之悲。当是时，与状元及第的张孝祥一起号称"词坛双璧"的张元干送朋友远行，想起故都汴京，就写词说："怅秋风、连营画角，故宫离黍。[④]"辛弃疾年老体衰，但雄心未灭，于酒宴歌舞之中，鼓励同僚说，"莫望中州叹黍离[⑤]"。

---

① [汉] 司马迁：《史记》[M]，[宋] 裴骃集解、[唐] 司马贞索隐、[唐] 张守节正义，北京：中华书局，1999 年版，第 1342 页。

② [清] 王先谦：《诗三家义集疏》[M]，吴格点校，北京：中华书局，1987 年第 1 版，第 315-316 页。

③ 语出余嘉锡：《世说新语笺疏》[M]，周祖谟、余淑宜整理，北京：中华书局，1983 年第 1 版，第 97 页。

④ [宋] 张元干：《贺新郎·送胡邦衡待制赴新州》，见唐圭璋（编）：《全宋词》[M]，北京：中华书局，1965 年第 1 版，第 1073 页。

⑤ [宋] 辛弃疾：《定风波·再用韵》，见唐圭璋（编）：《全宋词》[M]，北京：中华书局，1965 年第 1 版，第 1920 页。

像所有美好的事物一样，黍在陪伴人类万年之久以后，渐渐淡出了人类的餐桌。如今米面纵横天下，近乎垄断，想要吃黍，便只能是偶尔尝鲜了。原因之一，大约是黍的亩产量有点低。1985 年，在中国西北黄河中游地带的黄土高原地区，黍的播种面积占所有粮食播种面积的 7%，产量仅占到 2. 6%。与当年当地的其他粮食作物如玉米、水稻、谷子、高粱、薯类和大豆相比，为最低。① 和同为古代重要粮食作物的粟相比，在 1985 年黄土高原类似的农业生产环境中，粟的平均亩产是 114 公斤，而黍的平均亩产是 57 公斤，只有粟产量的一半左右。② 如今想要买黍，或者是因为产量低、种植又少的缘故，黍的价格便贵了，差不多是品质最好的大米的价格了。但每每食黍，则惊叹于黍的美味；每每思黍，便怀念起万年之久的陪伴，内心竟油然温柔而激荡起来。

参考文献

1. [汉] 班固：《汉书》[M]，[唐] 颜师古注，北京：中华书局，1999 年版。

2. [清] 陈立：《白虎通疏证》[M]，吴则虞点校，北京：中华书局，

---

① 黄占斌、张锡梅：黄土高原地区粮食生产和布局中几个问题的初步分析 [J]，《资源科学》，1991 年第 2 期，第 62-68 页。

② 杨文治、余存祖（主编）：《黄土高原区域治理与评价》[M]，科学出版社，1992 年版。转引自李国强：北方距今八千年前后粟、黍的传播及磁山遗址在太行山东线的中转特征 [J]，《南方文物》，2018 年第 1 期，第 229-251 页。

1994 年第 1 版。

3. [汉] 董仲舒：《春秋繁露》[M]，[清] 凌曙注，北京：中华书局，1975 年第 1 版。

4. 傅璇琮、倪其心、孙钦善、陈新、许逸民（主编）：《全宋诗》[M]，北京：北京大学出版社，1995 年第 1 版。

5. 邯郸市文物保管所、邯郸地区磁山考古队短训班：河北磁山新石器遗址试掘 [J]，《考古》，1977 年第 6 期，第 361-372 页。

6. 河北省文物管理处、邯郸市文物保管所：河北武安磁山遗址 [J]，《考古学报》，1981 年第 3 期，第 303-338 页。

7. 黄晖：《论衡校释》[M]，刘盼遂集解，北京：中华书局，2006 年第 1 版。

8. 黄叔琳（注），李详（补注）：《增订文心雕龙校注》[M]，杨明照校注拾遗，北京：中华书局，2000 年第 1 版。

9. 黄占斌、张锡梅：黄土高原地区粮食生产和布局中几个问题的初步分析 [J]，《资源科学》，1991 年第 2 期，第 62-68 页。

10. [清] 焦循：《孟子正义》[M]，沈文倬点校，北京：中华书局，1987 年第 1 版。

11. 黎翔凤：《管子校注》[M]，梁运华整理，北京：中华书局，2004 年第 1 版。

12. 李国强：北方距今八千年前后粟、黍的传播及磁山遗址在太行山东线的中转特征 [J]，《南方文物》，2018 年第 1 期，第 229-251 页。

13. 林家骊（译注）：《楚辞》[M]，北京：中华书局，2009 年第 1 版。

14. 吕友仁、吕咏梅（译注）：《礼记全译 · 孝经全译》[M]，贵阳：贵州人民出版社，1998 年第 1 版。

15. [清] 彭定求等（编纂）：《全唐诗》[M]，北京：中华书局，1980 年第 1 版。

16. 齐思和、刘启戈、聂崇岐、翦伯赞（编著）：《中外历史年表》[M]，北京：生活·读书·新知三联书店，1958 年第 1 版。

17. 《十三经注疏》整理委员会（整理），李学勤（主编）：《尔雅注疏》[M]，[晋] 郭璞注，[宋] 邢昺疏，李传书整理，徐朝华审定，北京：北京大学出版社，1999 年第 1 版。

18. 《十三经注疏》整理委员会（整理），李学勤（主编）：《仪礼注疏》[M]，[汉] 郑玄注，[唐] 贾公彦疏，彭林整理，王文锦审定，北京：北京大学出版社，1999 年第 1 版。

19. 《十三经注疏》整理委员会（整理），李学勤（主编）：《周礼注疏》[M]，[汉] 郑玄注，[唐] 贾公彦疏，赵伯雄整理，王文锦审定，北京：北京大学出版社，1999 年第 1 版。

20. 《十三经注疏》整理委员会（整理），李学勤（主编）：《礼记正义》[M]，[汉] 郑玄注，[唐] 孔颖达疏，龚抗云整理，王文锦审定，北京：北京大学出版社，1999 年第 1 版。

21. [汉] 司马迁：《史记》[M]，[宋] 裴骃集解、[唐] 司马贞索隐、[唐] 张守节正义，北京：中华书局，1999 年版。

22. 苏秉琦：《重建中国古史的远古时代》[J]，《史学史研究》，1991 年 03 期，第 1–9 页。

23. [清] 孙希旦：《礼记集解》[M]，沈啸寰、王星贤点校，北京：中华书局，1989 年第 1 版。

24. 唐圭璋（编）：《全宋词》[M]，北京：中华书局，1965 年第 1 版。

25. 佟伟华：磁山遗址的原始农业遗存及其相关的问题 [J]，《农业考古》，1984 年第 1 期，第 194–207 页。

26. 汪受宽：《孝经译注》[M]，上海：上海古籍出版社，2004 年第 1 版。

27. [清] 王先谦：《诗三家义集疏》[M]，吴格点校，北京：中华书局，1987 年第 1 版。

28. 无名氏、[晋] 葛洪：《燕丹子·西京杂记》[M]，无名氏：《燕丹子》，程毅中点校，［晋］葛洪：《西京杂记》，北京：中华书局，1985 年第 1 版。

29. ［唐］徐坚等：《初学记》［M］，北京：中华书局，1962 年第 1 版。

30. ［汉］许慎：《说文解字》［M］，北京：九州出版社，2001 年第 1 版。

31. 余嘉锡：《世说新语笺疏》［M］，周祖谟、余淑宜整理，北京：中华书局，1983 年第 1 版。

32. Lu H., Zhang J., Liu K., Wu N., Li Y., Zhou K., Li Q. (2009). Earliest domestication of common millet (panicum miliaceum) in east asia extended to 10，000 years ago. Proceedings of the National Academy of Sciences of the United States of America，106 (18)，7367-7372.

粟

粟，就是谷子，去壳后叫小米。粟和黍一样，都是人类最古老的粮食作物之一。这也是有考古研究证实的。

青海省民和县官亭镇喇家村，是一处新石器时代文化遗址，号称“东方庞贝”。因为这处遗址的结局和意大利的庞贝古城一样震撼，它终结于一场四千年前的地震！在这突如其来的灭顶之灾中，人们的生活状态被原原本本地保存了下来。其中，就有被淤泥掩盖着的一碗倒扣的面条①！学者们综合使用植硅体分析、生物标志化合物分析和淀粉粒分析的结果证实：这碗面条的主要成分是粟。此

① Houyuan Lu，Xiaoyan Yang，Maolin Ye，Kam-Biu Liu，Zhengkai Xia，Xiaoyan Ren，Linhai Cai，Naiqin Wu and Tung-Sheng Liu，“Millet noodles in Late Neolithic China”，Nature，Vol. 437，No. 13，October 2005，pp. 967-968.

外，可能还混有少量的黍。① 想想看，四千年前啊，粟都已经被做成面条了！

西汉时期的黍粟万石陶仓
（河洛摄于国家博物馆）

《史记·五帝本纪》说，黄帝培育了五谷：黍、稷、菽、麦、稻。② 这里没有粟什么事！但是，关于稷，存在着争议。古之大儒有说稷和粟是一物的，也有说二者似是二物的。③ 这是一个千古谜案！河洛窃以为，稷可能是粟。原因是，粟在古代地位太高了，是法定支付手段，是粮食的代称。因此，五谷中不可能没有粟。

先说粟是古代重要的支付手段，甚至是法定的支付手段，是类似于硬通货的存在。民众向国家交税也好，政府机构向官员发工资也好，发补助金也好，发抚恤金也好，悬赏捉拿罪犯也好，甚至卖官鬻爵、赎罪也好，用的不是钱，是粟！

---

① 吕厚远、李玉梅、张健平、杨晓燕、叶茂林、李泉、王灿、吴乃琴：《青海喇家遗址出土4000年前面条的成分分析与复制》，《科学通报》2015年，第60卷，第8期，第744-756页。

② ［汉］司马迁：《史记》［M］，［宋］裴骃集解、［唐］司马贞索隐、［唐］张守节正义，北京：中华书局，1999年版，第3-4页。

③ 《十三经注疏》整理委员会（整理），李学勤（主编）：《尔雅注疏》［M］，［晋］郭璞注，［宋］邢昺疏，李传书整理，徐朝华审定，北京：北京大学出版社，1999年第1版，第234页。

《尚书·禹贡》记载，距离王城近的人纳税，可以纳禾束或禾穗。但是，为了节省运输成本，距离王城四百里的人缴纳税收时，就要纳粟。而距离王城五百里的人缴纳税收时，就要缴纳粟脱壳后的小米了。这就是所谓的“四百里粟，五百里米①”。这里只说了要纳粟，但没有说要纳多少粟。好在白居易说清了到底要纳多少粟。他为母丧丁忧，辞去官职，退居下邽，恰好有吏去他家催缴粟贡，他便做《纳粟》诗说：“有吏夜叩门，高声催纳粟。家人不待晓，场上张灯烛。扬簸净如珠，一车三十斛。②”三十斛，那就是三百斗了。③ 白居易全家一年要交三百斗粟。唯一遗憾的是，白居易没有说清他家到底有多少亩地。只知道他家地不少，因为除了种粟外，他家还种了三十亩黍和二十亩薤④。

《韩诗外传》记载，曾子在莒国做官，他的俸禄是粟三秉。⑤ 一秉是一百六十斗⑥，三秉也就是四百八十斗。孔子

---

① ［清］孙星衍：《尚书今古文注疏》［M］，北京：中华书局，1986 年第 1 版，第 203 页。

② ［唐］白居易：《纳粟》，见［清］彭定求等（编纂）：《全唐诗》［M］，北京：中华书局，1980 年第 1 版，第 4666-4667 页。

③ 《十三经注疏》整理委员会（整理），李学勤（主编）：《仪礼注疏》［M］，［汉］郑玄注，［唐］贾公彦疏，彭林整理，王文锦审定，北京：北京大学出版社，1999 年第 1 版，第 473 页。

④ ［唐］白居易：《村居卧病三首》，见［清］彭定求等（编纂）：《全唐诗》［M］，北京：中华书局，1980 年第 1 版，第 4787 页。

⑤ ［汉］韩婴：《韩诗外传集释》［M］，许维遹校释，北京：中华书局，1980 年第 1 版，第 1 页。

⑥ 《十三经注疏》整理委员会（整理），李学勤（主编）：《仪礼注疏》［M］，［汉］郑玄注，［唐］贾公彦疏，彭林整理，王文锦审定，北京：北京大学出版社，1999 年第 1 版，第 473 页。

历任鲁国的中都宰、司空和大司寇。司寇是大夫，有采邑。他就让他的学生原宪去管理他的采邑，即做他的家邑宰。按照禄法规定，给他九百斗粟，原宪推辞不要。孔子让他拿回家，把它们送给乡邻也好。① 这是粟作为俸禄的存在。

孔子的弟子公西赤在鲁国做官，有次奉命代表鲁国出使齐国。孔子的另一个弟子冉有一再替他向孔子申请出国补贴，最后给了公西赤母亲五秉粟。② 这是以粟作为补助金了。

古时遇到大事，或立后，或天灾，或国丧时，往往要赏赐民众牛酒。此外，对那些鳏、寡、孤、独、残疾和贫困人口，还要予以特别抚恤，给他们发粟，一般是每人三斛或者每人五斛。③

楚平王受费无极谗言蒙蔽，杀了伍子胥的父亲伍奢和哥哥伍尚。伍子胥出逃，楚平王悬赏捉拿他，下法令说："得伍胥者，赐粟五万石，爵执圭。"④

向国家缴纳粟来获得官爵这事，自古有之。秦王嬴政三年，秦国爆发蝗虫灾害，下令谁能上缴一千石粟，就赐

---

① 《十三经注疏》整理委员会（整理），李学勤（主编）：《论语注疏》[M]，[魏] 何晏注，[宋] 邢昺疏，朱汉民整理，张岂之审定，北京：北京大学出版社，1999 年第 1 版，第 72–73 页。

② 《十三经注疏》整理委员会（整理），李学勤（主编）：《论语注疏》[M]，[魏] 何晏注，[宋] 邢昺疏，朱汉民整理，张岂之审定，北京：北京大学出版社，1999 年第 1 版，第 71–72 页。

③ [宋] 范晔：《后汉书》[M]，[唐] 李贤等注，北京：中华书局，1999 年版，第 123–132 页。

④ [汉] 司马迁：《史记》[M]，[宋] 裴骃集解、[唐] 司马贞索隐、[唐] 张守节正义，北京：中华书局，1999 年版，第 1726 页。

给爵位一级。[1] 此后，从秦汉起，为救灾、充实边防、征集军粮等各种原因，各个朝代基本上都实行过以纳粟换取官爵或赎罪的制度。这个制度的最初目的，在于提高粮食价格，促进粮食生产。但在后世，逐渐演变成为以钱买官，就纯粹是害国害民了。

粟作为粮食的代称，历史非常悠久，自先秦时期就开始了。商纣王的宫殿名鹿台，粮仓名巨桥。《史记》说，商纣王横征暴敛，目的就是充实鹿台之钱，囤积巨桥之粟。[2] 伯夷、叔齐认为，周武王伐纣是以诸侯伐君，是为不仁。于是，他们决定不吃周朝的粮食，就说"不食周粟[3]"。梁惠王说，黄河以北灾荒，就把百姓移到河东，把河东的粮食运到黄河以北。他是这么说的，"河内凶，则移其民于河东，移其粟于河内[4]"。西汉刘向的《说苑》说，农夫要挑好的种子种，丰年就可以得到粮食。"田者择种而种之，丰年必得粟。"[5]《汉书·食货志》说，如果好好积蓄粮食和钱财，就没有做不成的事："苟粟多而财有馀，何

---

① ［汉］司马迁：《史记》［M］，［宋］裴骃集解、［唐］司马贞索隐、［唐］张守节正义，北京：中华书局，1999年版，第160页。

② ［汉］司马迁：《史记》［M］，［宋］裴骃集解、［唐］司马贞索隐、［唐］张守节正义，北京：中华书局，1999年版，第76页。

③ ［汉］司马迁：《史记》［M］，［宋］裴骃集解、［唐］司马贞索隐、［唐］张守节正义，北京：中华书局，1999年版，第1688页。

④ 《十三经注疏》整理委员会（整理），李学勤（主编）：《孟子注疏》［M］，［汉］赵岐注，［宋］孙奭疏，廖明春、刘佑平整理，钱逊审定，北京：北京大学出版社，1999年第1版，第9页。

⑤ ［汉］刘向：《说苑校证》［M］，向宗鲁校证，北京：中华书局，1987年第1版，第439页。

向而不济？”① 这种以粟作为粮食代称的例子实在太多了，恕难一一列举。

在中国古人的语境下，一样东西往往不仅代表了它本身，还可以代表其他很多东西，甚或代表了某种态度、情感或渴望。这是中国文化的深邃之处，亦是她的迷人之处。

就拿粟来说。古人说粟，有时并不是说粟这种谷物，甚至都不是指粮食，而是指粗糙的、原始的东西，或者是用粟来比喻很小的、不值一提的东西。要是有人说斗粟的话，那就要看看是几斗粟。如果是一斗粟，那就是讽刺兄弟阋墙；如果是说五斗粟，那就是暗指俸禄微薄。要是有人说起金粟，那就更要警惕了。因为它可能代表的东西更是花样繁多。

说粟是粗糙的、原始的东西，是因为粟需要去壳后才能成为小米。粟与小米之间，还有一段距离。西汉的董仲舒以此来比拟人性，认为荀子的性恶论很有道理，即善并非人的本性，要通过教育才能使人向善。“是以米出于粟，而粟不可谓米，……善出于性，而性不可谓善。”② 东汉王充继承了董仲舒的思想，并将其稍作延伸。他说，谷子熟了，才能称为粟；粟去皮后才成米；米蒸熟才成饭。所以，

① ［汉］班固：《汉书》［M］，［唐］颜师古注，北京：中华书局，1999 年版，第 952 页。

② ［汉］董仲舒：《春秋繁露》［M］，［清］凌曙注，北京：中华书局，1975 年第 1 版，第 375-376 页。

“人之不学，犹谷未成粟，米未为饭也①”。

东汉舂米画像砖（河洛摄于国家博物馆）

苏轼最爱用粟来比喻很小的东西。其实，苏轼并不是第一个这样做的人，但他是做得最文艺、最动人、最令人震撼的人。这大约是因为苏轼很有大局观、历史观，他常常喜欢站在高处俯瞰四野，或站在当下回望历史的深处，慨叹事物之渺小和时光之飞逝，因而他的语言动人至深。比如：他曾在日出之时站在泰山之巅回望徐州：“回头望彭城，大海浮一粟。②”他也曾夜游赤壁，在月光下追忆一代枭雄魏武帝曹操的赫赫功绩，觉自身如同“寄蜉蝣于天地，渺沧海之一粟③”。

说起斗粟或一斗粟，是指兄弟阋墙。此事发生在西汉。

---

① 黄晖：《论衡校释》[M]，刘盼遂集解，北京：中华书局，2006年第1版，第551页。

② 苏轼：《送顿起》，见傅璇琮、倪其心、孙钦善、陈新、许逸民（主编）：《全宋诗》[M]，北京：北京大学出版社，1995年第1版，第9265页。

③ [宋] 苏轼：《赤壁赋》，见 [宋] 苏轼：《苏轼文集》[M]，孔凡礼点校，北京：中华书局，1986年第1版，第6页。

汉孝文帝即位，封异母弟刘长为淮南王。此时，刘邦的八个儿子仅剩下汉文帝和淮南王两个人。淮南王十分骄横，数次不奉法度。孝文帝六年，刘长谋反，文帝不得已废除其封号，谪徙去蜀郡。途中，刘长绝食而死。① 孝文帝十二年，民间有歌谣讽刺孝文帝没有兄弟之情："一尺布，尚可缝；一斗粟，尚可舂；兄弟二人不相容。②"这首歌谣的逻辑令人糊涂，缝布、舂粟和兄弟不和有什么关系？但无论如何，"尺布斗粟"这个典故流传下来了，还曾被西晋常山公主的驸马王济③用来讽刺晋武帝司马炎④。李白也把这一歌谣写进了诗里："汉谣一斗粟，不与淮南舂。⑤"歌谣太令人悲伤，宋人李处权曾写诗说："斗粟与尺布，至今兴永叹。⑥"好在《诗经》有说："兄弟阋于墙，外御其侮。"⑦ 在遇到大事时，大约兄弟们还是能一致对外的。当然，平时也还是兄友弟恭的好。

---

① ［汉］司马迁：《史记》［M］，［宋］裴骃集解、［唐］司马贞索隐、［唐］张守节正义，北京：中华书局，1999 年版，第 2341-2344 页。

② ［汉］司马迁：《史记》［M］，［宋］裴骃集解、［唐］司马贞索隐、［唐］张守节正义，北京：中华书局，1999 年版，第 2344-2345 页。

③ ［唐］房玄龄等：《晋书》［M］，北京：中华书局，1974 年第 1 版，第 1205 页。

④ ［南朝宋］刘义庆（编撰）：《世说新语全译》［M］，柳士镇、刘开骅译注，贵阳：贵州人民出版社，1996 年第 1 版，第 221 页。

⑤ ［唐］李白：《箜篌谣》，见［清］彭定求等（编纂）：《全唐诗》［M］，北京：中华书局，1980 年第 1 版，第 424 页。

⑥ 傅璇琮、倪其心、孙钦善、陈新、许逸民（主编）：《全宋诗》［M］，北京：北京大学出版社，1995 年第 1 版，第 20384 页。

⑦ ［清］王先谦：《诗三家义集疏》［M］，吴格点校，北京：中华书局，1987 年第 1 版，第 565 页。

至于五斗粟，那就不得不说陶渊明了。《晋书》说，陶渊明曾任彭泽县令，因不愿为五斗米的俸禄卑躬屈膝，奉承上司，因而解印去职，回去就做了《归去来兮辞》①。这里的米，不是大米，乃是粟米。所以，元朝中书令耶律楚材写诗说："今日君之来，非为五斗粟。②"说来也怪，文人们十年寒窗、三场文战，若没有那勇往直前、百折不挠的决心，断断熬不过这漫漫征途。可是，做了官之后，却又都集体喜欢上了陶渊明，时不时就追忆他，还写下了很多渴望归隐的诗。黄庭坚诗曰："五斗折腰惭仆妾，几年合眼梦乡闾。"③ 当然，若论用典的精妙，谁也比不过辛弃疾。他说："叹折腰、五斗赋归来，问走了、羊肠几遍。"④

若是说起金粟，事情就变得更加复杂了。佛家有金粟如来。李白就对金粟如来很感兴趣，觉得自己和金粟如来冥冥之中有一定的联系，往生之后，自己便会成为金粟如来了。所以，当有人问李白为何人时，李白傲慢地答道："青莲居士谪仙人，酒肆藏名三十春。湖州司马何须问，金

① [唐] 房玄龄等：《晋书》[M]，北京：中华书局，1974年第1版，第2461页。

② [元] 耶律楚材：《湛然居士文集》[M]，台北：商务印书馆，1968年第1版，第148页。

③ [宋] 黄庭坚：《次韵寅庵四首其一》，见傅璇琮、倪其心、孙钦善、陈新、许逸民（主编）：《全宋诗》[M]，北京：北京大学出版社，1995年第1版，第11481页。

④ 辛弃疾：《鹊桥仙·席上和赵晋臣敷文》，见唐圭璋（编）：《全宋词》[M]，北京：中华书局，1965年第1版，第1965页。

粟如来是后身。①”

如果说的是植物，金粟其实指的是桂花。所以，辛弃疾赞美桂花时就说：“金粟如来出世，蕊宫仙子乘风。清香一袖意无穷，洗尽尘缘千种。②”

莲瓣纹提梁银罐（河洛摄于陕西省历史博物馆）

另外，道家也有金粟道人。他是元朝人，本名顾瑛，是个文学家，家住江苏昆山，自称金粟道人。他建了玉山草堂，里面亭台楼阁鳞次栉比。当时文坛名士在草堂之中往来酬唱，竟成一时之盛事。③ 金粟道人大概喜爱桂花，才以金粟为名，并在玉山草堂广植桂树。他和朋友们的唱和诗词

① ［唐］李白：《答湖州迦叶司马问白是何人》，见［清］彭定求等编纂：《全唐诗》［M］，北京：中华书局，1980 年第 1 版，第 1813 页。

② 辛弃疾：《西江月·木樨》，见唐圭璋（编）：《全宋词》［M］，北京：中华书局，1965 年第 1 版，第 1965 页。

③ ［清］顾嗣立（编）：《元诗选》［M］，北京：中华书局，1987 年第 1 版，第 2321 页。

中，多有以桂花为主题的。比如：他的朋友于立曾写《水调歌头》：“忆得影娥池上，金粟盈盈满树。风露九天秋，折取一枝去，簪向玉人头。①” 在这里，玉人头上簪的金粟，当然是指一枝桂花了。但玉人头上、身上的金粟，并不都是桂花，也有可能指黄金首饰。唐代诗人罗虬曾做《比红儿诗》，以多位史上著名美人与歌妓杜红儿相比，来赞美她的美貌。其中一位拿来作比较的美人是开元末年舞女谢阿蛮，说阿蛮“金粟妆成扼臂环，舞腰轻薄瑞云间②”。这阿蛮的金粟扼臂环是由金、玉制成的腕饰，很有来历，乃杨贵妃赐给舞女谢阿蛮的③。据说，这金粟扼臂环的形制有些类似陕西省历史博物馆展出的镶金兽首玉臂环。

镶金兽首玉臂环等（河洛摄于陕西省历史博物馆）

这对镶金兽首玉臂环出土时，是收藏在一个莲瓣纹提

① [元] 于立：《水调歌头》，见唐圭璋（编）：《全金元词》[M]，北京：中华书局，1979年第1版，第1125页。

② [唐] 罗虬：《比红儿诗》，见 [清] 彭定求等（编纂）：《全唐诗》[M]，北京：中华书局，1980年第1版，第7625-7631页。

③ [五代] 王仁裕等：《开元天宝遗事十种》[M]，丁如明辑校，上海：上海古籍出版社，1985年第1版，第144页。

梁银罐中的。说来也怪，河洛所拍摄的照片中，这个银罐和其他几样文物，如镶金兽首玛瑙杯、长玛瑙杯、水晶八曲长杯、白玉忍冬纹八曲长杯、凸纹玻璃杯，甚至那几块宝石的照片都在，唯独不见了这对镶金兽首玉臂环的照片。好在还有一张不甚清楚的合影在。

然而，有关金粟的流传还没有说完。唐玄宗陵寝位于金粟山，后来金粟又指帝王陵墓了！大历二年，即唐玄宗驾崩五年后，杜甫在夔州别驾元持府邸见到了前朝梨园中人的弟子舞剑，写诗缅怀前朝盛事，感慨说："金粟堆前木已拱，瞿唐石城草萧瑟。①"

所以，若有人说起金粟，诸君真的要细心分辨，看看他到底想说什么。

参考文献

1. ［汉］班固：《汉书》［M］，［唐］颜师古注，北京：中华书局，1999年版。

2. ［汉］董仲舒：《春秋繁露》［M］，［清］凌曙注，北京：中华书局，1975年第1版。

3. ［宋］范晔：《后汉书》［M］，［唐］李贤等注，北京：中华书局，1999年版。

4. ［唐］房玄龄等：《晋书》［M］，北京：中华书局，1974年第1版。

① ［唐］杜甫：《观公孙大娘弟子舞剑器行》，见［清］彭定求等（编纂）：《全唐诗》［M］，北京：中华书局，1980年第1版，第2356–2357页。

5. 傅璇琮、倪其心、孙钦善、陈新、许逸民（主编）：《全宋诗》［M］，北京：北京大学出版社，1995 年第 1 版。

6. ［清］顾嗣立（编）：《元诗选》［M］，北京：中华书局，1987 年第 1 版。

7. ［汉］韩婴：《韩诗外传集释》［M］，许维遹校释，北京：中华书局，1980 年第 1 版。

8. 黄晖：《论衡校释》［M］，刘盼遂集解，北京：中华书局，2006 年第 1 版。

9. ［汉］刘向：《说苑校证》 ［M］，向宗鲁校证，北京：中华书局，1987 年第 1 版。

10. ［南朝宋］刘义庆（编撰）：《世说新语全译》［M］，柳士镇、刘开骅译注，贵阳：贵州人民出版社，1996 年第 1 版。

11. 吕厚远、李玉梅、张健平、杨晓燕、叶茂林、李泉、王灿、吴乃琴：《青海喇家遗址出土 4000 年前面条的成分分析与复制》，《科学通报》2015 年，第 60 卷，第 8 期，第 744–756 页。

12. ［清］彭定求等（编纂）：《全唐诗》［M］，北京：中华书局，1980 年第 1 版。

13. 《十三经注疏》整理委员会（整理），李学勤（主编）：《尔雅注疏》［M］，［晋］郭璞注，［宋］邢昺疏，李传书整理，徐朝华审定，北京：北京大学出版社，1999 年第 1 版。

14. 《十三经注疏》整理委员会（整理），李学勤（主编）：《论语注疏》［M］，［魏］何晏注，［宋］邢昺疏，朱汉民整理，张岂之审定，北京：北京大学出版社，1999 年第 1 版。

15. 《十三经注疏》整理委员会（整理），李学勤（主编）：《孟子注疏》［M］，［汉］赵岐注，［宋］孙奭疏，廖明春、刘佑平整理，钱逊审定，北京：北京大学出版社，1999 年第 1 版。

16. 《十三经注疏》整理委员会（整理），李学勤（主编）：《仪礼注疏》

[M]，[汉] 郑玄注，[唐] 贾公彦疏，彭林整理，王文锦审定，北京：北京大学出版社，1999 年第 1 版。

17. [汉] 司马迁：《史记》[M]，[宋] 裴骃集解、[唐] 司马贞索隐、[唐] 张守节正义，北京：中华书局，1999 年版。

18. [宋] 苏轼：《苏轼文集》[M]，孔凡礼点校，北京：中华书局，1986 年第 1 版。

19. [清] 孙星衍：《尚书今古文注疏》[M]，北京：中华书局，1986 年第 1 版。

20. 唐圭璋（编）：《全金元词》[M]，北京：中华书局，1979 年第 1 版。

21. 唐圭璋（编）：《全宋词》[M]，北京：中华书局，1965 年第 1 版。

22. [五代] 王仁裕等：《开元天宝遗事十种》[M]，丁如明辑校，上海：上海古籍出版社，1985 年第 1 版。

23. [清] 王先谦：《诗三家义集疏》[M]，吴格点校，北京：中华书局，1987 年第 1 版。

24. [元] 耶律楚材：《湛然居士文集》[M]，台北：商务印书馆，1968 年第 1 版。

25. Houyuan Lu，Xiaoyan Yang，Maolin Ye，Kam-Biu Liu，Zhengkai Xia，Xiaoyan Ren，Linhai Cai，Naiqin Wu and Tung-Sheng Liu，“Millet noodles in Late Neolithic China，” Nature，Vol. 437，No. 13，October 2005，pp. 967-968.

牛

牛，可了不得！是所有家畜中地位最高的一种。它和羊、猪一起，组成天子祭祀社稷时的祭品大牢；而诸侯祭祀社稷所用祭品，就没有牛，只有羊和猪了，称少牢。[①]《祭典》上说，祭祀国君用牛，祭祀大夫用羊，祭祀士用猪、犬。[②]《礼记》上说：“诸侯无故不杀牛，大夫无故不杀羊，士无故不杀犬豕。”[③] 这些，都是对牛之地位的认定。

牛的地位为什么这么高呢？大约因为牛既是军事物资，

---

① 《十三经注疏》整理委员会（整理），李学勤（主编）：《礼记正义》［M］，［汉］郑玄注，［唐］孔颖达疏，龚抗云整理，王文锦审定，北京：北京大学出版社，1999 年第 1 版，第 391 页。

② 黄永堂（译注）：《国语全译》［M］，贵阳：贵州人民出版社，1995 年第 1 版，第 605 页。

③ 《十三经注疏》整理委员会（整理），李学勤（主编）：《礼记正义》［M］，［汉］郑玄注，［唐］孔颖达疏，龚抗云整理，王文锦审定，北京：北京大学出版社，1999 年第 1 版，第 391 页。

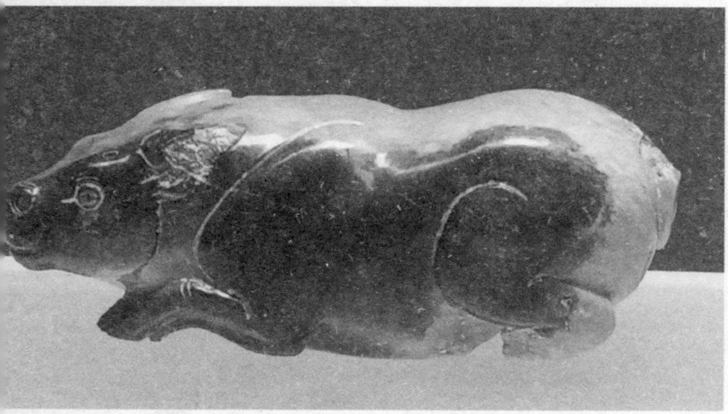
汉代玉雕卧牛（河洛摄于陕西省历史博物馆）

又是生产物资，还是生活物资。总而言之，牛是三栖明星！人类所驯养的牲畜中，能横跨军事、生产、生活这三界的，牛大约是独一份了。

说它是军事、生产物资，是因为在古时，牛其实就是个拖拉机。冷兵器时代，要靠牛、马运送军粮等军事物资。一准备打仗，就要征用牛马。比如：西周时期，周公旦在镐京辅佐周成王；长子伯禽代其父受封于鲁国，成为鲁国的第一任国君。当时鲁国东部的徐、夷等部落相继作乱，伯禽前往征讨，做战前准备，放开牛马。他命令民众掩盖捕兽工具，填塞捕兽陷阱，防止伤害牛马。如果有人伤害了牛马，就要受到刑罚！①

反之，天下太平时，就纵马放牛，不再征用。周武王灭商后，把商纣王的粮仓打开放粮，又把商纣王攫取的财物分发给民众，然后黜战车，弛甲兵，纵马华山，放牛桃

① ［清］孙星衍：《尚书今古文注疏》［M］，北京：中华书局，1986年第1版，第512页。

林，表示天下偃旗息鼓，再无干戈。[①]

在农耕时代，牛这拖拉机对农业生产更是具有极端重要性。有了牛，家里的农活就有了着落。在农忙时刻，牛甚至要比人还重要。邹穆公不许给他的鸭子、大雁喂粟米，只能喂秕谷。他认为，“百姓饱牛而耕，暴背而耘”，才收获的粟是人的上等食物，不是可以用来喂鸟的。[②] 这里，邹穆公强调牛一定是吃饱的。至于那弯着腰被太阳晒着脊背在默默耕耘的人有没有吃饱，那是个未知数，也没人关心。此刻，在为了来年的生计忙碌之时，在百姓的眼里，人并没有牛重要。陆游致仕归家后，曾做诗说：“老农虽瘠喜牛肥，回首红尘万事非。”[③] 张籍的好朋友王建出身寒微，一生潦倒，曾叹息家里贫穷，诗曰：“耕牛长愿饱，樵仆每怜勤。”[④] 看看，都是说要把牛喂饱的。

除了耕地，和平时期也需要牛车运输物资。《三国志》说，曹丕称帝后，原先的太子洗马颜斐任侍郎，后任京兆太守。他令人赶制牛车，又令民众养猪狗，卖掉换牛。一

---

① ［汉］刘向：《说苑校证》［M］，向宗鲁校证，北京：中华书局，1987年第1版，第377页。

② ［汉］刘向：《新序全译》［M］，李华年译注，贵阳：贵州人民出版社，1994年第1版，第207页。

③ ［宋］陆游：《谢君寄一犁春雨图求诗为作绝句》，见［宋］陆游：《剑南诗稿校注》［M］，钱仲联校注，上海：上海古籍出版社，1985年第1版，第3698页。

④ ［唐］王建：《原上新居十三首》，见［清］彭定求等（编纂）：《全唐诗》［M］，北京：中华书局，1980年第1版，第3394页。

六朝时期的灰陶牛车（河洛摄于南京市博物院）

两年的时间后，家家户户都有了牛和车。[①] 牛和牛车是农耕人家重要的生产资料配置。有了这两样，就没有什么生产活动实施不了的。就连白居易笔下的卖炭翁，也得靠牛车拉炭。“牛困人饥日已高，市南门外泥中歇。”[②]

和平时期，又不打算做盗贼的人，是不需要刀剑的。汉宣帝时期，渤海太守龚遂就让百姓卖剑买牛，卖刀买犊，渐渐百姓殷实，地方平安。[③] 这个政策让后世的官员十分赞佩，唐代名士张祜写诗说：“长闻为政古诸侯，使佩刀人尽佩牛。”[④] 就是为了赞美这个政策。

卖剑买牛，其实不仅仅是和平时期才会做，哪怕是战争时期，那些无力再上沙场征伐的老年人，恐怕也只能卖

---

① ［晋］陈寿：《三国志》［M］，［宋］裴松之注，北京：中华书局，1999年第1版，第386页。

② ［唐］白居易：《卖炭翁》，见［清］彭定求等（编纂）：《全唐诗》［M］，北京：中华书局，1980年第1版，第4704页。

③ ［汉］班固：《汉书》［M］，［唐］颜师古注，北京：中华书局，1999年版，第2698页。

④ ［唐］张祜：《悲纳铁》，见［清］彭定求等（编纂）：《全唐诗》［M］，北京：中华书局，1980年第1版，第5850页。

剑买牛，回家务农了。从这个角度看，卖剑买牛就又会给人以另一种十分复杂的情感，内心有无法熄灭的渴望，也有不得不屈从现实的无奈，两种情感在心头交锋，便是不甘。陆游晚年致仕，退居故乡。他早上出门，遇见猎人打猎，便回忆起自己当年驰骋沙场、倚马草书、策论战局的情景。那段日子为时不长，却是陆游最接近梦想的时光。因此，它常常在每个低回的瞬间，在他的心头激荡。纵然“卖剑买牛身已老”，但心中仍是“搴旗斩将梦犹狂”！①

古时生产力低下，普通人家丰年能吃上粗米饭和蔬菜羹；想要吃肉，得等到过年祭祀时，村里才会杀猪吃肉。到了灾荒之年，恐怕就连糟糠之食也吃不饱了。牛肉哪里会舍得吃？那得是富贵人家的盛宴，才会有牛肉吃、有酒喝。比如：陈王曹植做《箜篌引》说：“中厨办丰膳”，才会“烹羊宰肥牛”。② 李白最羡慕曹植“归来宴平乐，美酒斗十千③”了。所以，他和朋友岑夫子、丹丘生一起喝酒时，也要“烹羊宰牛且为乐，会须一饮三百杯④”。

虽说都是牛肉，但牛的部位不同，又有分说。东晋时，一个席面中，最引人瞩目的菜，便是烤牛心。这道菜是人

---

① 语出［宋］陆游：《晓出遇猎徒有作》，见［宋］陆游著：《剑南诗稿校注》［M］，钱仲联校注，上海：上海古籍出版社，1985 年第 1 版，第 1240 页。

② 语出［魏］曹植：《箜篌引》，见［魏］曹植：《曹植集校注》［M］，赵幼文校注，北京：人民文学出版社，1984 年第 1 版，第 459 页。

③ ［魏］曹植：《名都篇》，见［魏］曹植：《曹植集校注》［M］，赵幼文校注，北京：人民文学出版社，1984 年第 1 版，第 484 页。

④ ［唐］李白：《将进酒》，见［清］彭定求等（编纂）：《全唐诗》［M］，北京：中华书局，1980 年第 1 版，第 1682 页。

群的风向标，主人把烤牛心先给了谁吃，那人便是宴席中最耀眼的明星了。王羲之小时候，就曾享受过这个待遇。他去拜访武城侯周颚，宴中敬陪末座。烤牛心这道菜端上来时，周颚先切了一块给他吃。从此，王羲之就声名鹊起了。①

晋武帝的舅舅王恺，就是《三国演义》里被诸葛亮骂死的那位王朗的孙子。他靠着晋武帝的暗中资助，经常和石崇斗富。他有一头爱牛，叫“八百里驳”。驸马王济亦十分豪奢，用一千万钱和王恺比赛射箭，赌这头牛。王济赢了，整头牛别处都不吃，就吃了一口烤牛心，便扬长而去。② 只是可怜一代名牛八百里驳为名所累，无辜受戮，但它终于也因此而名垂千古。自此，“八百里”便也成了牛肉的代称。辛弃疾有一天晚上喝多了，“醉里挑灯看剑，梦回吹角连营③”，想起了过去在塞外军乐声中把烤牛肉分给部下享用的豪情往事，就说，“八百里分麾下炙，五十弦翻塞外声④”。赞辛弃疾用典精妙，这话不是白说的。无论什么典故，辛弃疾用起来，硬是不落痕迹、浑然天成，却又别出心裁、独具一格！

---

① ［南朝宋］刘义庆（编撰）：《世说新语全译》［M］，柳士镇、刘开骅译注，贵阳：贵州人民出版社，1996年第1版，第752页。

② ［南朝宋］刘义庆（编撰）：《世说新语全译》［M］，柳士镇、刘开骅译注，贵阳：贵州人民出版社，1996年第1版，第747页。

③ ［宋］辛弃疾：《破阵子·为陈同甫赋壮词以寄之》，见唐圭璋（编）：《全宋词》［M］，北京：中华书局，1965年第1版，第1940页。

④ ［宋］辛弃疾：《破阵子·为陈同甫赋壮词以寄之》，见唐圭璋（编）：《全宋词》［M］，北京：中华书局，1965年第1版，第1940页。

烤牛心，那都是富贵人家事。普通百姓，得是遇到新皇登基或皇帝封禅等举国欢腾的大喜事时，皇帝大赦天下、封赏万民，才会得到皇帝赏下去牛、酒，大快朵颐。汉朝从高祖起，就会在普天同庆的大喜事时，赏给百姓牛肉和酒。汉高祖的皇后吕后薨逝后，丞相陈平和太尉周勃等人诛灭诸吕，迎立代王刘恒继承皇位，是为汉文帝。汉文帝进入长安未央宫当晚，下诏书大赦天下，男赐爵一级，女子百户赐牛、酒，大宴五天。[①] 这里没有说清楚，百户人家赐多少牛、多少酒。反正是让一百户人家吃喝五天的意思。所幸后来他的孙子汉武帝封禅泰山，回来后大赦天下的诏书中写清楚了："赐民百户牛一酒十石。[②]" 看看，一百户人家才赐一头牛吃，倒要搭配十石酒。十石酒在汉代是多少呢？三十斤为钧，四钧为石。[③] 也就是一千二百斤酒搭配一头牛！

北魏时期陶牛车和陶武士俑
（河洛摄于国家博物馆）

① ［汉］司马迁：《史记》［M］，［宋］裴骃集解、［唐］司马贞索隐、［唐］张守节正义，北京：中华书局，1999年版，第294页。

② ［汉］司马迁：《史记》［M］，［宋］裴骃集解、［唐］司马贞索隐、［唐］张守节正义，北京：中华书局，1999年版，第334页。

③ ［汉］班固：《汉书》［M］，［唐］颜师古注，北京：中华书局，1999年版，第841页。

武后行从图（复制品）（河洛摄于国家博物馆）

后来的汉宣帝、元帝、哀帝等，亦曾多次赐过百姓牛和酒。汉朝的故事，唐朝继续。唐玄宗李隆基除了像他的爷爷、奶奶唐高宗李治和皇后武则天一样去了泰山封禅外，还去了一趟唐高祖李渊的起兵之地晋阳，回来写了一首诗——《过晋阳宫》，说是“亲巡慰里闾[1]”。中书令张九龄和了一首诗——《奉和圣制幸晋阳宫》，说是故乡人都盼着皇帝荣归故里，大家一起欢乐地吃牛肉、喝酒以庆贺：“户蒙枌榆复，邑争牛酒欢。[2]”这牛肉和酒，不用问，一定是唐玄宗赏赐下去的呗。

以上说的，都是农耕人家事。若是到了塞外，到了那

---

① ［唐］李隆基：《过晋阳宫》，见［清］彭定求等（编纂）：《全唐诗》［M］，北京：中华书局，1980年第1版，第26页。

② ［唐］张九龄：《奉和圣制幸晋阳宫》，见［清］彭定求等（编纂）：《全唐诗》［M］，北京：中华书局，1980年第1版，第564页。

"天苍苍，野茫茫，风吹草低见牛羊"① 的地方，牛的重要性就更不必说了。连牛粪都不可以丢掉，那是要留着烧火、糊墙的！

参考文献

1. [汉] 班固：《汉书》[M]，[唐] 颜师古注，北京：中华书局，1999 年版。

2. [魏] 曹植：《曹植集校注》[M]，赵幼文校注，北京：人民文学出版社，1984 年第 1 版。

3. [晋] 陈寿：《三国志》[M]，[宋] 裴松之注，北京：中华书局，1999 年第 1 版。

4. [宋] 郭茂倩（编）：《乐府诗集》[M]，北京：中华书局，1979 年版。

5. 黄永堂（译注）：《国语全译》[M]，贵阳：贵州人民出版社，1995 年第 1 版。

6. [汉] 刘向：《新序全译》[M]，李华年译注，贵阳：贵州人民出版社，1994 年第 1 版。

7. [汉] 刘向：《说苑校证》[M]，向宗鲁校证，北京：中华书局，1987 年第 1 版。

8. [南朝宋] 刘义庆（编撰）：《世说新语全译》[M]，柳士镇、刘开骅译注，贵阳：贵州人民出版社，1996 年第 1 版。

9. [宋] 陆游：《剑南诗稿校注》[M]，钱仲联校注，上海：上海古籍

① 《敕勒歌》，见 [宋] 郭茂倩（编）：《乐府诗集》[M]，北京：中华书局，1979 年版，第 1213 页。

出版社，1985 年第 1 版。

10. ［清］彭定求等（编纂）：《全唐诗》［M］，北京：中华书局，1980 年第 1 版。

11. 《十三经注疏》整理委员会（整理），李学勤（主编）：《礼记正义》［M］，［汉］郑玄注，［唐］孔颖达疏，龚抗云整理，王文锦审定，北京：北京大学出版社，1999 年第 1 版。

12. ［汉］司马迁：《史记》［M］，［宋］裴骃集解、［唐］司马贞索隐、［唐］张守节正义，北京：中华书局，1999 年版。

13. ［清］孙星衍：《尚书今古文注疏》［M］，北京：中华书局，1986 年第 1 版。

14. 唐圭璋（编）：《全宋词》［M］，北京：中华书局，1965 年第 1 版。

羊

羊，和牛、猪一起，组成天子祭祀社稷时的祭品大牢；和猪一起，组成诸侯祭祀社稷时的祭品少牢。[①]《祭典》上说，祭祀国君用牛，祭祀大夫用羊，祭祀士用猪、犬。[②]所以，羊的地位和存在感，都是位于牛和猪之间，没有牛那么了不起，也没有猪那么接地气。

农耕人家，如果再能够养个牛、养个羊啥的，那已经算是过着殷实日子，不愁生计的小康人家了。每日里早出晚归放放牛羊，无忧无虑，无牵无挂，无煎无熬，实在是令人羡煞。特别是牛羊在夕阳下晚归的情形，尤其容易触动士人们的心肠。比如：王维羡慕田园闲逸，起了归隐之

---

① 《十三经注疏》整理委员会（整理），李学勤（主编）：《礼记正义》[M]，[汉] 郑玄注，[唐] 孔颖达疏，龚抗云整理，王文锦审定，北京：北京大学出版社，1999 年第 1 版，第 391 页。

② 黄永堂（译注）：《国语全译》[M]，贵阳：贵州人民出版社，1995 年第 1 版，第 605 页。

东晋的青瓷羊烛台（河洛摄于国家博物馆）

心，写诗说，“斜阳照墟落，穷巷牛羊归[1]”。辛弃疾仕途备受打击，在江西带湖建造稼轩，以为归隐躬耕之地时，也说：“衡门之下可栖迟，日之夕矣牛羊下。[2]”杜甫一生功名蹭蹬，晚年曾在夔州暂居，日暮时分，看着家家户户牛羊归圈，写诗说：“牛羊下来久，各已闭柴门。风月自清夜，江山非故园。[3]”瞧瞧，都是欲言又止，把话只说了三分，那剩下的七分是什么呢？剩下的都是感慨啊！羡慕你晚上把牛羊归圈，柴门紧闭，便再无心事，乘着夜风、沐着星月，便能酣然入眠了。可是我呢？我是进是退？是行是藏？进，报国无门；退，家在何方？行，壮志难酬；藏，十年寒窗！早知如此，不如归去啊！

羊作为食物，最荣耀的一刻，除了祭祀江山社稷，便是每年由郡县官员代表皇帝把羊、酒送给贤德之人或致仕

---

① ［唐］王维：《渭川田家》，见［清］彭定求等（编纂）：《全唐诗》［M］，北京：中华书局，1980年第1版，第1248页。

② ［宋］辛弃疾：《踏莎行·赋稼轩集经句》，见唐圭璋（编）：《全宋词》［M］，北京：中华书局，1965年第1版，第1291页。

③ ［唐］杜甫：《日暮》，见［清］彭定求等（编纂）：《全唐诗》［M］，北京：中华书局，1980年第1版，第2530页。

官员，以示嘉奖、勉励、恩宠、体恤之意。这事在古代非常盛行，很多皇帝都下过诏书，令郡县在每年春秋两季[①]赏赐贤德之人羊和酒的。羊、酒各赏赐多少呢？每人一头羊、二百四十斤酒，即“羊一头、酒二斛[②]”。

东汉时期的绿釉陶羊圈（河洛摄于国家博物馆）

除了皇帝把羊、酒送给贤德之人，其他的人也多有送羊、酒给贤德之人的。比如：韩愈就曾给卢仝送过羊、酒。卢仝，初唐四杰卢照邻嫡系子孙，曾撰写《茶谱》，被世人尊称为“茶仙”，自号玉川子。他隐居洛阳时，经济拮据、房屋破败，隔壁恶少仗势欺人、横行乡里，还老是上他家房顶偷窥。他忍无可忍，于是向时任河南令的韩愈诉苦。韩愈要杀那恶少为他出气，卢仝又觉得死刑太严苛，劝阻韩愈。韩愈更加佩服卢仝，买了羊、酒送给他，表达自愧不如，又感谢卢仝教

① 关于赏赐羊酒的时间，《史记》记为正月，而《汉书》多记为八月。《全唐诗》第1317页记载说，丘为年老致仕后，朝廷给俸禄之半以终身，及居忧。观察使韩滉以致仕官给禄，所以惠养老臣，唯罢春秋羊酒。可见羊酒是一年赏赐两次，春季、秋季各一次。

② ［汉］班固：《汉书》［M］，［唐］颜师古注，北京：中华书局，1999年版，第2310页。

诲的意思："买羊沽酒谢不敏，偶逢明月曜桃李。[1]"私下想来，韩愈买羊、酒大张旗鼓地相送，除了表示敬佩、抚慰贤者外，可能亦有阻吓恶少再来侵扰的意思，等于送了一张护身符。韩愈之仁厚慧智诚如斯也。

可是，为什么要送羊给贤德之人以示荣宠呢？大约是因为中国古人喜欢羊的美德，认为羊执之不鸣、杀之不号、乳必跪受，懂得礼节，能把义置于生死之上。正是因为这个原因，羊也是举行正式会晤时卿所执的见面礼[2]，为时刻不忘羔羊之德的意思。杜甫曾经写诗说："鸿雁及羔羊，有礼太古前。行飞与跪乳，识序如知恩。[3]"它说的就是卿执羔、大夫执雁的礼仪。

但历史上也有一种情形，是由国君或皇帝牵着羊作为见面礼的。那便是国君或皇帝请降，表示向对方俯首称臣的时候。楚庄王克郑，郑伯肉袒牵羊迎接楚庄王，表示唯命是从；[4] 周武王克殷，纣王死，纣王的哥哥微子肉袒牵

---

① ［唐］韩愈：《寄卢仝》，见［清］彭定求等（编纂）：《全唐诗》［M］，北京：中华书局，1980年第1版，第3809页。

② 《十三经注疏》整理委员会（整理），李学勤（主编）：《春秋公羊传注疏》［M］，［汉］公羊寿注，［汉］何休解诂，［唐］徐彦疏，浦卫忠整理，杨向奎审定，北京：北京大学出版社，1999年第1版，第168页。

③ ［唐］杜甫：《杜鹃》，见［清］彭定求等（编纂）：《全唐诗》［M］，北京：中华书局，1980年第1版，第2331页。

④ 《十三经注疏》整理委员会（整理），李学勤（主编）：《春秋左传正义》［M］，［周］左丘明传，［晋］杜预注，［唐］孔颖达正义，浦卫忠等整理，杨向奎审定，北京：北京大学出版社，1999年第1版，第634页。

羊，膝行而前以告，武王乃释微子，复其位。① 西晋末年，永嘉之乱，匈奴攻破洛阳，俘获晋怀帝，西晋末代皇帝晋愍帝司马邺于长安即位。三年后，长安又被匈奴围困，以致断粮，晋愍帝于是派人送上降书。不过，这次他没有牵羊，而是乘坐羊车，肉袒衔璧出降。② 白居易的知交之一(话说白居易德行仁厚，且又才华横溢、机智敏慧，是个极具个人魅力的人，朋友很多，而且都还是相交深厚的)，唐代大诗人张籍，乃新乐府运动的倡导者之一，曾做《永嘉行》说："黄头鲜卑入洛阳，胡儿执戟升明堂。晋家天子作降虏，公卿奔走如牛羊。③" 这首诗说的就是这一段往事。张籍对晋天子投降这事，持的是中立态度，客观描述事实而已。这很大可能是因为张籍生活在唐朝中期，没有亡国之忧，晋帝投降这事和他半点关系都没有，难以引发他强烈的情感。但是，对于唐末诗人周昙可就不一样了。国家忧患深重，唐朝即将覆亡，考验节操忠义的时刻就在眼前。因此，晋愍帝投降这事引起了他深深的厌恶之情，认为他是耐不得饥饿而失了节义，写诗嘲笑说："御粥又闻无麴屑，不降胡虏奈饥肠。④"

---

① [汉] 司马迁：《史记》[M]，[宋] 裴骃集解、[唐] 司马贞索隐、[唐] 张守节正义，北京：中华书局，1999 年版，第 1335 页。

② [唐] 房玄龄等：《晋书》[M]，北京：中华书局，1974 年第 1 版，第 130 页。

③ [唐] 张籍：《永嘉行》，见 [清] 彭定求等（编纂）：《全唐诗》[M]，北京：中华书局，1980 年第 1 版，第 4282 页。

④ [唐] 周昙：《晋门·愍帝》，见 [清] 彭定求等（编纂）：《全唐诗》[M]，北京：中华书局，1980 年第 1 版，第 8358-8359 页。

西晋青釉卧羊（河洛摄于广东省博物馆）

羊虽则地位不如牛，但羊肉味道之美，是任谁也无法否认的。羊肉的味道美到什么程度呢？已经美到两军对垒时能决定胜负的程度了。

华元，乃春秋时期宋国大夫，宋戴公五世孙，宋国四朝元老。有一次，郑国伐宋，华元战前杀羊犒赏三军、鼓动士气。但他的车夫羊斟不知为啥没吃上，因此怀恨在心。一开仗，竟然直接驱车冲进郑军阵中，华元因此被活捉，宋军大败。[①] 这事令人唏嘘感慨，又有点匪夷所思，让人毛骨悚然。宋代梅尧臣感慨人心险恶、居心叵测时，就曾以此为例，说："古有弑君者，羊羹为不均。[②]"

《战国策》记载，中山国君摆羊羹宴，大宴城中的士大夫。不知为啥，司马子期没吃到。于是，他跑去楚国，劝

---

① 《十三经注疏》整理委员会（整理），李学勤（主编）：《春秋左传正义》[M]，[周] 左丘明传，[晋] 杜预注，[唐] 孔颖达正义，浦卫忠等整理，杨向奎审定，北京：北京大学出版社，1999 年第 1 版，第 592 页。

② [宋] 梅尧臣：《杂兴》，见傅璇琮、倪其心、孙钦善、陈新、许逸民（主编）：《全宋诗》[M]，北京：北京大学出版社，1995 年第 1 版，第 2841–2842 页。

楚国攻打中山，导致中山国君逃亡了。[1] 这个记载就有点蹊跷了。因为中山国在北，而楚国在南，除了最北的燕国和东南的吴国、越国，几乎所有的国家都横亘在中山和楚之间。楚要想攻打中山，至少要穿越两个国家。这场仗不具备可行性啊！而历史上，中山国的死敌一直是它的邻国——晋国。后来，韩、赵、魏三家分晋，中山就被魏、赵各灭了一次。但历史上，楚国又确实有司马子期这个人。且近来发生了好几起类似事件：好些古籍被现代学者质疑，后又被考古研究证实为真。所以，对古籍的记载，真不敢轻易否定了。或许历史上楚国确曾打过一场针对中山国的闪击战吧，但也只是教训了一下中山国而已，并未将其灭亡。

中山国君为羊羹所误之事，且不去管它，但羊肉味美却不假。所以，豪门盛宴中自然少不了它。曹植要“烹羊宰肥牛[2]”；李白在最豪奢纵情时，也要“烹羊宰牛且为乐[3]”。但是，羊肉大约很贵，李白烹羊宰牛后，要喝酒，就只能把五花马、千金裘拿出去换酒喝了。晋明帝女婿桓温的部下——罗友很想白吃羊肉，但一直没有机会吃到。有一次，桓温为朋友送行，大摆宴席。罗友趁机赶来，才

---

① 王守谦、喻芳葵、王凤春、李烨（译注）：《战国策全译》[M]，贵阳：贵州人民出版社，1992年第1版，1020页。

② 语出：[魏] 曹植：《箜篌引》，见 [魏] 曹植：《曹植集校注》[M]，赵幼文校注，北京：人民文学出版社，1984年第1版，第459页。

③ [唐] 李白：《将进酒》，见 [清] 彭定求等（编纂）：《全唐诗》[M]，北京：中华书局，1980年第1版，第1682页。

终于吃到。① 可见羊肉，一般官员也是难以随便吃到的。要有点特殊缘故，才会买羊来吃。有了羊、酒，就是一桌上好的席面了。梅尧臣给朋友饯行，设炙羊肉宴："酒舁银瓮羊脔炙，上下和煦移凉秋。②"

三国时期吴国青瓷羊烛台（河洛摄于国家博物馆）

陆游写《老学菴笔记》说，梅尧臣是苏轼应试那年的小试官。他首先发现苏轼文章《刑赏忠厚之至论》十分不俗，就推荐给了主考官欧阳修。③等到苏轼做主考官那一年，他的爱徒李廌考完就对人说，"苏公是主考官，我一定是前三名。"苏轼批阅考卷时，见到一张卷子，大喜，对副主考官黄庭坚说："这一定是我们李廌的卷子。"等到发榜时，李廌

---

① ［南朝宋］刘义庆（编撰）：《世说新语全译》［M］，柳士镇、刘开骅译注，贵阳：贵州人民出版社，1996年第1版，第631页。

② ［宋］梅尧臣：《送刘元忠学士还南京》，见傅璇琮、倪其心、孙钦善、陈新、许逸民（主编）：《全宋诗》［M］，北京：北京大学出版社，1995年第1版，第3240页。

③ ［宋］陆游：《老学菴笔记》［M］，李剑雄、刘德权点校，北京：中华书局，1979年第1版，第102页。

却名落孙山！[①] 这事对李廌打击极大，亦是苏轼心中一大憾事。于是，苏轼也买了羊肉，设宴鼓励和安慰李廌说："买羊沽酒谢玉川，为我醉倒春风前。[②]" 玉川，就是卢仝的号。这里借用了韩愈对卢仝表示敬意的诗，以表达自己对李廌才学的赞佩。《老学庵笔记》的作者陆游有时也馋羊肉，就直白地说："长鱼腹腴羊臂臑，馋想久矣无秋毫。"[③]

但羊毕竟没有牛那么贵重，所以普通人家遇到大喜事，杀羊也不妨偶一为之。巾帼英雄花木兰代父从军，得胜归来，她的小弟就"磨刀霍霍向猪羊[④]"了。

羊肉味虽美，但也有人不想吃羊肉而被迫非得享用羊肉。那便是楚国的大夫屈到了。《国语》记载，屈到爱吃菱角，临死时命人将以菱角祭祀他。等他死后，他的儿子却说，父亲承楚国之政，不能"以其私欲干国之典"，就按《祭典》的规定，用羊来祭祀屈到！[⑤] 屈到在天之灵一直收到羊馈，不知作何感想。

羊肉好吃，羊乳亦好喝。好喝到什么程度呢？王济，

---

① [宋] 陆游：《老学庵笔记》[M]，李剑雄、刘德权点校，北京：中华书局，1979年第1版，第125页。

② [宋] 苏轼：《余与李廌方叔相知久矣，领贡举事，而李不得第，愧甚，做诗送之》，见傅璇琮、倪其心、孙钦善、陈新、许逸民（主编）：《全宋诗》[M]，北京：北京大学出版社，1995年第1版，第9403页。

③ [宋] 陆游：《即席》，见 [宋] 陆游：《剑南诗稿校注》[M]，钱仲联校注，上海：上海古籍出版社，1985年第1版，第3329页。

④ 《木兰诗》，见 [宋] 郭茂倩（编）：《乐府诗集》[M]，北京：中华书局，1979年版，第374页。

⑤ 黄永堂（译注）：《国语全译》[M]，贵阳：贵州人民出版社，1995年第1版，第605页。

是西晋常山公主的驸马。他生活豪奢，饮食尤其考究，曾用人乳蒸小猪来宴请晋武帝。① 就是这样的一个人，竟深爱羊乳制成的乳酪，认为那是难得的美食。吴国被晋所灭，吴国丞相陆逊的孙子陆机到晋任职，王济就指着羊酪问陆机，你们东吴有比得上这羊酪的东西吗？②

除了羊肉可以吃、羊乳可以喝之外，羊皮还可以穿。这是羊与牛、猪不同的地方。但是，比之狐裘什么的顶级裘衣，羊裘不算很好的衣服。羊裘和狐裘的差距有多大呢？一千张羊皮，都比不过一张狐腋之裘。这话乃是春秋时期赵简子的臣子周舍所言。

赵简子，《赵氏孤儿》里孤儿赵武的孙子。他是晋昭公时晋国大夫，晋国赵氏领袖，亦是战国时期赵国基业的奠基人。周舍时常面刺赵简子之过，就说一千张羊皮，都比不过一张狐腋之裘；一群唯唯诺诺的人，不如有一个敢触逆鳞的人。即“千羊之皮，不若一狐之腋；众人之唯唯，不若直士之谔谔③”。这话很有点振聋发聩，后来常常被人引用。

商鞅在秦国为政十年，得罪了很多宗室贵戚。赵良想劝他急流勇退、明哲保身时，也说了这话。可惜商鞅不听，

---

① ［唐］房玄龄等：《晋书》［M］，北京：中华书局，1974年第1版，第1205-1206页。

② ［南朝宋］刘义庆（编撰）：《世说新语全译》［M］，柳士镇、刘开骅译注，贵阳：贵州人民出版社，1996年第1版，第61页。

③ ［汉］韩婴：《韩诗外传集释》［M］，许维遹校释，北京：中华书局，1980年第1版，第248页。

最终遭车裂灭族。[1] 这是题外话了。

羊裘质劣，但历史上也曾发生过高官显贵大规模穿羊裘的事。那便是在晋文公时代。晋文公，就是重耳，春秋五霸之一。《墨子》记载，他不喜华服。所以，他的官员们都穿布衣、羊裘[2]。墨子关于这事，是和“楚王好细腰”的典故一起说的。意思是，只要国君有所好，哪怕再痛苦，臣子也会拼命为之。看，布衣、羊裘在这里，成了痛苦之源！其痛苦的程度和节食减肥不相上下！可见羊裘地位之尴尬！

所以，在古时，高官重臣要是穿羊裘，就有人敢说你沽名钓誉！比如班彪，他是汉成帝那位有却辇之德的班婕妤的侄子、《白虎通》和《汉书》作者班固的父亲，曾作《上启事》说，俸禄两千石的官员，还穿着布衣羊裘，用白木杯饮食，分明是为了沽名钓誉！[3]

官员们要是没事穿羊裘，那就成了一件值得大书特书的事情：要么说他自奉甚俭；要么说他性格耿直、不愿矫饰；要么说他视金钱如粪土。

说自奉甚俭的，有上文中的晋国大夫赵简子。他精诚国事，身居高位却自奉甚俭。听说小人盛装则易傲慢，他

---

① ［汉］司马迁：《史记》［M］，［宋］裴骃集解、［唐］司马贞索隐、［唐］张守节正义，北京：中华书局，1999 年版，第 1767-1769 页。

② ［宋］李昉等：《太平御览》［M］，夏剑钦等校点，石家庄：河北教育出版社，1994 年第 1 版，第四卷，第 254 页。

③ ［宋］李昉等：《太平御览》［M］，夏剑钦等校点，石家庄：河北教育出版社，1994 年第 1 版，第七卷，第 123 页。

怕自己起了小人之心，因此不敢盛装穿狐裘，每日里只穿黑羊裘。这事让他的管家很不满，觉得他穿得太寒碜。①

说不改本色的，有西汉建信侯娄敬。他穿羊裘路过洛阳，托同乡虞将军引荐他见汉高祖刘邦。虞将军嫌他穿的不好，面圣时想给他华丽衣裳。他却不愿矫揉伪饰，非要直接穿着羊裘觐见汉高祖不可。②

视金钱如无物的，是说东汉的开国功臣马援。他少有大志，“老当益壮”这话就是他说的。原话是“丈夫为志，穷当益坚，老当益壮”。不知为啥，“穷当益坚”这话没有“老当益壮”出名。不过一听这话，就知道他不是爱财之人了。果然，马援种田放牧，收获颇丰，但不愿做守财奴。于是，他把财产都分给兄弟朋友，自己只穿羊裘。③

说羊裘不是好衣服，那是与既轻且暖的狐裘相对而言。至于穷苦百姓，那多是连羊裘也穿不起的。所以，你若是想要藏身于穷苦人中，就不能穿羊裘。否则，就容易被人识破。严光，是汉光武帝刘秀的好友。刘秀登基后，他不愿出仕，就隐姓埋名，隐居到富春江畔钓鱼去了。只可惜他身着一身羊裘，被刘秀派出的查访人员识出了破绽，终于被刘秀找到。找到归找到，终究留不住。严光和刘秀欢

---

① ［汉］刘向：《说苑校证》［M］，向宗鲁校证，北京：中华书局，1987年第1版，第525页。

② ［汉］司马迁：《史记》［M］，［宋］裴骃集解、［唐］司马贞索隐、［唐］张守节正义，北京：中华书局，1999年版，第2097页。

③ ［宋］范晔：《后汉书》［M］，［唐］李贤等注，北京：中华书局，1999年版，第554页。

聚一时，最终还是回富春江钓鱼去了。①

相对于功名利禄而言，自奉甚俭、性格耿直、不愿矫饰、视金钱如粪土这些事情，其实都是比较容易做到的。容易的事，自然就少有人追捧。所以，为这些个事情去穿羊裘，历史上都是个案，没谁去仿效。相比于个人品格的塑造，抛弃功名利禄是件稍难些的事。所以，最终归隐山林成了士人们的集体向往。以致最后，在穿羊裘这件事上，赵简子、娄敬、马援统统输给了严光，羊裘成了严光的代名词。官场险恶，想归隐的文人们多了去了，严光的事就被反复提起。比如：陆游家里很穷，时常薪米不继，要蒸点芋头充饥的。② 但即使这样，他仍然心向山林："羊裘老人只念归，安用星辰动紫微。③" 朱熹做《水调歌头》说："想象羊裘披了，一笑两忘身世，来把钓鱼竿。④" 朱熹的好朋友孙应时也起了归隐之心，写诗说："从此相寻地，羊裘一钓舟。⑤" 苏轼的爱徒李廌屡试不第，终于绝意仕途，写诗说，"弃置功名念，羊裘作钓翁"⑥。这类事倒有点不

① [宋] 范晔:《后汉书》[M]，[唐] 李贤等注，北京：中华书局，1999年版，第1866-1867页。

② [宋] 陆游:《杂题》，见 [宋] 陆游:《剑南诗稿校注》[M]，钱仲联校注，上海：上海古籍出版社，1985年第1版，第1719页。

③ [宋] 陆游:《杂题》，见 [宋] 陆游:《剑南诗稿校注》[M]，钱仲联校注，上海：上海古籍出版社，1985年第1版，第1720页。

④ 唐圭璋（编）:《全宋词》[M]，北京：中华书局，1965年第1版，第1676页。

⑤ [宋] 孙应时:《答陈子序庠见贻》，见傅璇琮、倪其心、孙钦善、陈新、许逸民（主编）:《全宋诗》[M]，北京：北京大学出版社，1995年第1版，第31745页。

⑥ [宋] 李廌:《秋溪》，见傅璇琮、倪其心、孙钦善、陈新、许逸民（主编）:《全宋诗》[M]，北京：北京大学出版社，1995年第1版，第13616页。

胜枚举。

织锦缎倒大袖羊羔绒旗袍（图片来源：河南省博物馆网站。网址：http：//www. chnmus. net/clzl/2015-01/26/content_ 212145. htm）

但是，也有一些人说钓鱼的标配是蓑衣。严光不穿蓑衣，而穿着羊裘钓鱼就是为了标新立异，故意被刘秀找到然后再辞官，以博取虚名，居心不正。这实在是有点冤枉他了。毕竟严光是连刘秀也不肯俯就的人，哪里会在乎世俗的眼光！钓鱼，图的就是一个自在。他想穿啥就穿啥，谁又能奈何他?！人嘛，短短几十年光景，除非有所图，否则还能跟自己过不去吗?

羊裘不好，但羊羔裘却又质量上乘。虽比不上狐裘，却也是官宦人家才能拥有的衣物。《白虎通》说，天子穿白狐裘，诸侯穿黄狐裘，大夫穿苍狐裘，士穿羔裘。①《诗经》也多有描述，对官员着羔裘的风姿。

① ［清］陈立：《白虎通疏证》［M］，吴则虞点校，北京：中华书局，1994年第1版，第434页。

河南省博物馆官网上有一件织锦缎倒大袖羊羔绒旗袍的照片，说是中国丝绸博物馆的馆藏品，在上世纪20年代中期流行。旗袍面料是大枝叶纹织锦缎，衬里是白色羊羔绒。看上去别提多舒适暖和雍容了，确实不是贫寒人家能有的衣物。要是有这样一件衣服，便只恨不能天天下雪了。

参考文献

1. ［汉］班固：《汉书》［M］，［唐］颜师古注，北京：中华书局，1999年版。

2. ［魏］曹植：《曹植集校注》［M］，赵幼文校注，北京：人民文学出版社，1984年第1版。

3. ［清］陈立：《白虎通疏证》［M］，吴则虞点校，北京：中华书局，1994年第1版。

4. ［宋］范晔：《后汉书》［M］，［唐］李贤等注，北京：中华书局，1999年版。

5. ［唐］房玄龄等：《晋书》［M］，北京：中华书局，1974年第1版。

6. 傅璇琮、倪其心、孙钦善、陈新、许逸民（主编）：《全宋诗》［M］，北京：北京大学出版社，1995年第1版。

7. ［宋］郭茂倩（编）：《乐府诗集》［M］，北京：中华书局，1979年版。

8. ［汉］韩婴：《韩诗外传集释》［M］，许维遹校释，北京：中华书局，1980年第1版。

9. 黄永堂（译注）：《国语全译》［M］，贵阳：贵州人民出版社，1995年第1版。

10. ［宋］李昉等：《太平御览》［M］，夏剑钦等校点，石家庄：河北教育出版社，1994 年第 1 版。

11. ［汉］刘向：《说苑校证》［M］，向宗鲁校证，北京：中华书局，1987 年第 1 版。

12. ［南朝宋］刘义庆（编撰）：《世说新语全译》［M］，柳士镇、刘开骅译注，贵阳：贵州人民出版社，1996 年第 1 版。

13. ［宋］陆游：《老学庵笔记》［M］，李剑雄、刘德权点校，北京：中华书局，1979 年第 1 版。

14. ［宋］陆游：《剑南诗稿校注》［M］，钱仲联校注，上海：上海古籍出版社，1985 年第 1 版。

15. ［清］彭定求等（编纂）：《全唐诗》［M］，北京：中华书局，1980 年第 1 版。

16. 《十三经注疏》整理委员会（整理），李学勤（主编）：《春秋公羊传注疏》［M］，［汉］公羊寿注，［汉］何休解诂，［唐］徐彦疏，浦卫忠整理，杨向奎审定，北京：北京大学出版社，1999 年第 1 版。

17. 《十三经注疏》整理委员会（整理），李学勤（主编）：《礼记正义》［M］，［汉］郑玄注，［唐］孔颖达疏，龚抗云整理，王文锦审定，北京：北京大学出版社，1999 年第 1 版。

18. 《十三经注疏》整理委员会（整理），李学勤（主编）：《春秋左传正义》［M］，［周］左丘明传，［晋］杜预注，［唐］孔颖达正义，浦卫忠等整理，杨向奎审定，北京：北京大学出版社，1999 年第 1 版。

19. ［汉］司马迁：《史记》［M］，［宋］裴骃集解、［唐］司马贞索隐、［唐］张守节正义，北京：中华书局，1999 年版。

20. 唐圭璋（编）：《全宋词》［M］，北京：中华书局，1965 年第 1 版。

21. 王守谦、喻芳葵、王凤春、李烨（译注）：《战国策全译》［M］，贵阳：贵州人民出版社，1992 年第 1 版。

猪

猪是中国古人最早的食物之一，在古人心中享有非常崇高的地位，仅次于牛和羊。所以，在天子祭祀社稷这一最盛大的活动中，需要用由牛、羊、猪组成的大牢作为祭品；而诸侯祭祀社稷时，所需祭品为羊和猪组成的少牢。这就是《礼记》记载的："天子社稷皆大牢，诸侯社稷皆少牢。①"

猪肉都怎么吃呢？在陶器发明以前，人们把黍和撕开的肉放在烧热的石头上烤熟吃，即"燔黍捭豚②"。烹调手法和炊具的发展，让二者之间相互促进、相互成就。随着陶器、青铜器的发展和完备，猪肉的做法也愈加复杂起来。

---

① 《十三经注疏》整理委员会（整理），李学勤（主编）：《礼记正义》[M]，[汉] 郑玄注，[唐] 孔颖达疏，龚抗云整理，王文锦审定，北京：北京大学出版社，1999 年第 1 版，第 391 页。

② [清] 孙希旦：《礼记集解》[M]，沈啸寰、王星贤点校，北京：中华书局，1989 年第 1 版，第 586 页。

西汉石猪（河洛摄于国家博物馆）

《礼记》上记载有八珍的做法，和猪肉有关的有二珍。其一是把煎好的肉酱加在饭上，再浇上热油；另一种做法叫“炮”，程序非常之复杂。它是用枣填进小猪的腹腔，外面裹上芦苇，包上泥巴；烤好后去掉泥巴，裹上米浆油煎；煎好后再煮三天三夜；上桌时，用醋和肉酱调味。① 此外，还有一种做法，是把牛、羊、猪肉切碎，与稻米粉揉拌好，做成小块用油煎。②

古时生产力低下，猪肉难得，只有身份尊贵的人或者老者才可以食用。所以，孟子说：“鸡豚狗彘之畜，无失其时，七十者可以食肉矣。”③ 其实，这只是孟子的政治理想，现实生活中很难实现。就是老者，也并非随时可以吃

---

① 《十三经注疏》整理委员会（整理），李学勤（主编）：《礼记正义》[M]，[汉] 郑玄注，[唐] 孔颖达疏，龚抗云整理，王文锦审定，北京：北京大学出版社，1999 年第 1 版，第 855-856 页。

② 《十三经注疏》整理委员会（整理），李学勤（主编）：《礼记正义》[M]，[汉] 郑玄注，[唐] 孔颖达疏，龚抗云整理，王文锦审定，北京：北京大学出版社，1999 年第 1 版，第 858 页。

③ 《十三经注疏》整理委员会（整理），李学勤（主编）：《孟子注疏》[M]，[汉] 赵岐注，[宋] 孙奭疏，廖明春、刘佑平整理，钱逊审定，北京：北京大学出版社，1999 年第 1 版，第 10 页。

到猪肉。比如：陆游晚年致仕回乡，年纪既长，且在他们村也是有身份的人了，平时也吃不上肉。为此，他特意写了一首诗——《山居食每不肉戏作》[1]。得等到年节祭祀时，或者朋友请客什么的，陆游才能吃上猪肉。比如：那年他们村过社日节，也就是土地节，用猪肉祭祀土地神。陆游作为他们村子里的名士参与祭祀，喝过祭酒之后，还分得一点祭肉带回家给孙子们吃。陆游那天过得很高兴，特意写诗说："社日取社猪，燔炙香满村……醉归怀余肉，沾遗偏诸孙。[2]"

陆游最爱吃的，乃是猪肩，即南方称蹄膀、北方称肘子的。这也是猪的各个部位中较为特殊的一个。项羽举办鸿门宴要杀刘邦的时候，樊哙闯进来想保护刘邦，项羽赐他猪肩，樊哙便把猪肩放在盾牌上，用剑切了吃。[3] 后来，西晋傅玄写《惟汉行》，特地提到了这件事来赞美樊哙，说他"嗔目骇三军，磨牙咀豚肩[4]"。辛弃疾有次约好朋友刘过喝酒吃猪肩，但那天不巧下雨了，刘过就没去。于是，他写了一首词，说明原想赴约来的，"斗酒彘肩，风雨渡江，岂不快哉"，但……

---

① ［宋］陆游：《山居食每不肉戏作》，见傅璇琮、倪其心、孙钦善、陈新、许逸民（主编）：《全宋诗》［M］，北京：北京大学出版社，1995 年第 1 版，第 24729 页。

② ［宋］陆游：《社肉》，见［宋］陆游：《剑南诗稿校注》［M］，钱仲联校注，上海：上海古籍出版社，1985 年第 1 版，第 3135 页。

③ ［汉］司马迁：《史记》［M］，［宋］裴骃集解、［唐］司马贞索隐、［唐］张守节正义，北京：中华书局，1999 年版，第 222 页。

④ ［宋］郭茂倩（编）：《乐府诗集》［M］，北京：中华书局，1979 年版，第 398 页。

樊哙的心思肯定不在猪肩上，猪肩味道如何，他恐怕也不关心。刘过因为下雨了，就不去吃猪肩了，看来对猪肩也不是真爱。陆游就不这样，他深爱猪肩美味。有一天，他掉了一颗牙，却发现更能品味猪肩之美了，就大喜起来，写诗说："齿摇忽脱去，取视乃大喜。譬如大木拔，岂有再安理。咀嚼浩无妨，更觉彘肩美。"① 有天他不高兴了，觉得自己一生庸碌无为，没有匡扶社稷、成就功名，于是上街买醉，又买了一个猪肩下酒："四十从军渭水边，功名无命气犹全。白头烂醉东吴市，自拔长刀割彘肩。②" 陆游对自己的这一嗜好从不掩饰，写了很多诗说猪肩好吃。你若是看到诗中说到"彘肩、豚肩"的，十之八九是陆游写的。所以，朋友们没有不知道他爱吃猪肩的。他偶然出去游玩，路过一个好朋友家，人家热情邀请他吃饭，给他准备的就是："浊醪小瓮酿，香饭别甑炊。瓦盆进豚肩，石臼捣花餈。"③

不过，别误会！凡是说猪肩美的，大多是穷人。因为偶尔有机会吃到猪肩，简直惊为美味。若真是富豪，便多半是无下箸处了，哪里还会觉得猪肩美！陆游亦不例外。他为官清廉，致仕后就更清贫。一生写的诗中，多有贫甚、

① [宋] 陆游：《齿落》，见 [宋] 陆游：《剑南诗稿校注》[M]，钱仲联校注，上海：上海古籍出版社，1985 年第 1 版，第 3536 页。

② [宋] 陆游：《排闷》，见 [宋] 陆游：《剑南诗稿校注》[M]，钱仲联校注，上海：上海古籍出版社，1985 年第 1 版，第 1930 页。

③ [宋] 陆游：《村老留饮》，见 [宋] 陆游：《剑南诗稿校注》[M]，钱仲联校注，上海：上海古籍出版社，1985 年第 1 版，第 3863 页。

贫居、一年贫一年、薪米不继、炊米不继的话头。有一次太穷困了，陆游还把自己常用的酒杯卖掉了。[①] 话说陆游一生壮志难酬、心志郁结，但就其个人生活而言，虽然贫困，但也儿孙满堂，得享高寿，不可谓不福泽深厚。

相比猪肉，猪肝、猪肠什么的，就不值钱了。《后汉书》记载，闵仲叔性情高洁，客居安邑，家贫不能买肉。只好每天买一片猪肝，但有时屠户不愿卖给他。县令听说后，干预了这事。他知道后，不愿因此给县令添麻烦，就搬走了。[②] 这事颇受文人们的钦佩，苏辙写诗说："长披羊裘类严子，罢食猪肝同闵仲。[③]"《儒林外史》里说，范进中了秀才，他的岳父胡屠户拿了一副猪大肠和一瓶酒来贺；等到范进中了举人，胡屠户就提着七八斤肉、四五千钱，前来贺喜了。[④]

猪这么重要，又这么好吃，自然要养了。孟子是大力提倡养猪养鸡的。他说，一家养五只母鸡、两只母猪，老者就有肉吃了。[⑤] 其实，在中国古人的生活中，猪又不仅

---

① ［宋］陆游：《贫甚卖常用酒杯做诗自戏》，见［宋］陆游：《剑南诗稿校注》［M］，钱仲联校注，上海：上海古籍出版社，1985年第1版，第2660页。

② ［宋］范晔：《后汉书》［M］，［唐］李贤等注，北京：中华书局，1999年版，第1173页。

③ ［宋］苏辙：《同子瞻次过远重字韵》，见傅璇琮、倪其心、孙钦善、陈新、许逸民（主编）：《全宋诗》［M］，北京：北京大学出版社，1995年第1版，第10081页。

④ 吴敬梓：《儒林外史》［M］，张慧剑校注，北京：人民文学出版社，1958年第1版，第33–37页。

⑤ 《十三经注疏》整理委员会（整理），李学勤（主编）：《孟子注疏》［M］，［汉］赵岐注，［宋］孙奭疏，廖明春、刘佑平整理，钱逊审定，北京：北京大学出版社，1999年第1版，第364页。

仅是肉食来源了，而是属于家中的大件！要攒点钱谋大事，就先养个它。官府奖励发它，赔偿别人损失也靠它。

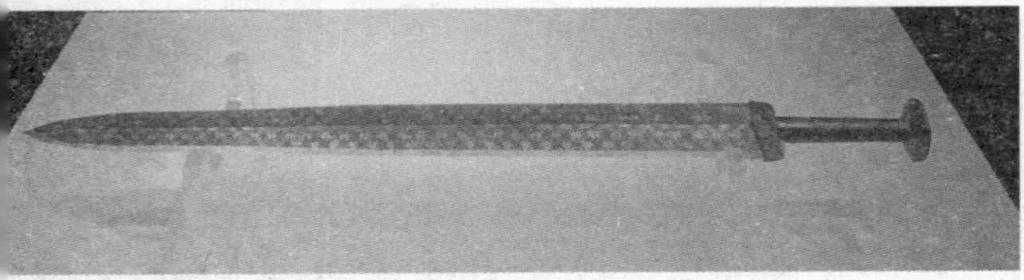
越王勾践剑（河洛摄于湖北省博物馆）

东汉陶猪圈（河洛摄于国家博物馆）

颜斐，魏文帝曹丕时期任京兆太守。他就深深明白这一道理。他在任上时，督促百姓养猪，养狗，把猪、狗卖了后买牛。过了一两年，家家都有了丁车和大牛。① 勾践败于夫差之后，回到越国励精图治，鼓励生育。他规定：如果生了儿子，就奖励两壶酒加一只狗；如生了女儿，就奖励两壶酒加一只小猪。② 梁鸿，就是妻子孟光对其举案齐眉的那位，家贫而性情高洁，因他用火不小心，殃及

① ［晋］陈寿：《三国志》［M］，［宋］裴松之注，北京：中华书局，1999 年第 1 版，第 386 页。

② ［汉］赵晔：《吴越春秋全译》［M］，张觉译注，贵阳：贵州人民出版社，1993 年第 1 版，第 381-382 页。

别家，他就把家里的猪全赔给了人家。[①]

古时养猪，并不像现在这样大部分时间都在猪圈里养，而是白天要把猪赶出去放养，晚上再赶回猪圈睡觉。这项工作叫牧猪。牧猪不费什么力气，活儿简单轻松，门槛又低，就成了全民事业。连什么都不会干的小孩子、手无缚鸡之力的文人，或什么都干不了的老人，没事就去放个猪。南朝宋文学家鲍照叙述人们少年从军、老年归来，就说："少壮辞家去，穷老还入门。腰镰刈葵藿，倚杖牧鸡豚。"[②]刘禹锡官场失意，打算回家养老，就说："来忧御魑魅，归愿牧鸡豚。"[③]

但也并不是人人都适合养猪。《礼记》说，士成为大夫，有了马车之后，家里就不要再养鸡养猪了。[④] 这是为什么呢？说是成为了大夫以后，当以国事为己任，就不应该着眼于"利"，而应该着眼于"义"了。这是很有道理的话。

---

① ［宋］范晔：《后汉书》［M］，［唐］李贤等注，北京：中华书局，1999 年版，第 1868 页。

② ［南朝宋］鲍照：《鲍参军集注》［M］，钱仲联增补集说校，上海：上海古籍出版社，1980 年第 1 版，159 页。

③ ［唐］刘禹锡：《武陵书怀五十韵》，见［清］彭定求等（编纂）：《全唐诗》［M］，北京：中华书局，1980 年第 1 版，第 4088 页。

④ ［清］朱彬：《礼记训纂》［M］，饶钦农点校，北京：中华书局，1996 年第 1 版，第 869 页

参考文献

1. ［南朝宋］鲍照：《鲍参军集注》［M］，钱仲联增补集说校，上海：上海古籍出版社，1980 年第 1 版。

2. ［晋］陈寿：《三国志》［M］，［宋］裴松之注，北京：中华书局，1999 年第 1 版。

3. ［宋］范晔：《后汉书》［M］，［唐］李贤等注，北京：中华书局，1999 年版。

4. 傅璇琮、倪其心、孙钦善、陈新、许逸民（主编）：《全宋诗》［M］，北京：北京大学出版社，1995 年第 1 版。

5. ［宋］郭茂倩（编）：《乐府诗集》［M］，北京：中华书局，1979 年版。

6. ［宋］陆游：《剑南诗稿校注》［M］，钱仲联校注，上海：上海古籍出版社，1985 年第 1 版。

7. ［清］彭定求等（编纂）：《全唐诗》［M］，北京：中华书局，1980 年第 1 版。

8.《十三经注疏》整理委员会（整理），李学勤（主编）：《孟子注疏》［M］，［汉］赵岐注，［宋］孙奭疏，廖明春、刘佑平整理，钱逊审定，北京：北京大学出版社，1999 年第 1 版。

9.《十三经注疏》整理委员会（整理），李学勤（主编）：《礼记正义》［M］，［汉］郑玄注，［唐］孔颖达疏，龚抗云整理，王文锦审定，北京：北京大学出版社，1999 年第 1 版。

10. ［汉］司马迁：《史记》［M］，［宋］裴骃集解、［唐］司马贞索隐、［唐］张守节正义，北京：中华书局，1999 年版。

11. ［清］孙希旦：《礼记集解》［M］，沈啸寰、王星贤点校，北京：中华书局，1989 年第 1 版。

12. 吴敬梓：《儒林外史》［M］，张慧剑校注，北京：人民文学出版社，1958年第1版。

13. ［汉］赵晔：《吴越春秋全译》［M］，张觉译注，贵阳：贵州人民出版社，1993年第1版。

14. ［清］朱彬：《礼记训纂》［M］，饶钦农点校，北京：中华书局，1996年第1版。

鸡

对于中国古人而言，鸡可不只是鸡而已，用途多了去了。

首先，鸡是祭品。祭祀宗庙的时候，要用到很多祭品，鸡也是其中之一。作为祭品的鸡，还有一个美名，叫“翰音”。据说，这是因为祭祀要用肥鸡，而肥鸡的鸣叫声音长。①

其次，鸡是一个家庭的必要配置，就像现在我们家里都要有冰箱、电视、洗衣机一样。过去家里要是没有只鸡，那简直不成为一个家，总让人心里不踏实。你说，万一来个客人，你让客人吃什么呢？古时民风淳厚，只要家里来了客人，甭管认识不认识，交情深不深，不杀只鸡款待一

① ［清］孙希旦：《礼记集解》［M］，沈啸寰、王星贤点校，北京：中华书局，1989 年第 1 版，第 154 页。

下，那简直对不起自己那颗淳朴好客的心。比如：孔子带领弟子们周游列国时，有一次子路掉队了，便向路旁的老农问路。老农把子路带回家，杀鸡做黍饭给他吃。[1] 不知是不是因为这件事的缘故，也不知是从何时起，“鸡黍”就变成朋友约饭聚会时的标配了。以致到了后来，“鸡黍”干脆成了朋友约饭的代称了。无论宴会上到底是什么饭菜，也无论是吃到了还是没有吃到，反正都统称“鸡黍”了。孟浩然是个有福之人，鸡黍他吃到了很多次。比如：有朋友约他吃饭，孟浩然说：“故人具鸡黍，邀我至田家。”[2] 这是宴会上确定有鸡黍，而且孟浩然也吃到了。又有一次，孟浩然在朋友家喝多了，睡着了。朋友喊他起来吃饭，说鸡黍都做熟了，酒也备好了：“客醉眠未起，主人呼解醒。已言鸡黍熟，复道瓮头清。”[3] 这又吃上了鸡黍。有朋友来拜访孟浩然时，他家也准备了鸡黍：

汉代釉陶鸡和陶鸡（河洛摄于陕西省历史博物馆）

① ［清］刘宝楠：《论语正义》［M］，高流水点校，北京：中华书局，1990年第1版，第724页。

② ［唐］孟浩然：《过故人庄》，见［清］彭定求等（编纂）：《全唐诗》［M］，北京：中华书局，1980年第1版，第1651页。

③ ［唐］孟浩然：《戏题（一作“戏赠主人”）》，见［清］彭定求等（编纂）：《全唐诗》［M］，北京：中华书局，1980年第1版，第1668页。

“厨人具鸡黍，稚子摘杨梅。[①]”瞧瞧，孟浩然每次都吃上了鸡黍。

但是，有些人就没有孟浩然那么有福了。南宋诗人方岳要出远门，临行前向朋友辞行。结果朋友因病谢客，打算第二天为他设宴饯行。但方岳却无法推迟行期，于是遗憾地写诗说：“可羞吾事蚊虻等，坐失先生鸡黍期。[②]”其实，方岳并不确定宴席上到底有没有鸡黍。当然，最终方岳也没有吃到鸡黍。钱起，号称“大历十才子”之一[③]，也曾错过朋友的拜访，遗憾地说：“岂无鸡黍期他日，惜此残春阻绿杯。[④]”这鸡黍，也只是画饼而已，以后有没有机会见面还不知道呢。即使见到了，他俩吃什么更是不知道的事了。苏轼的爱徒张耒也打算好了，要是没有朋友来访，就自己在家看书；要是有朋友来相访，就请朋友吃鸡肉配黍饭。这就是：“还家有诗书，客至具鸡黍。[⑤]”有没有朋友来看张耒不知道，张耒有没有吃上鸡黍也不知道。

不过，偶尔也有杀鸡不给客人吃的。东汉人茅容家里

---

① ［唐］孟浩然：《裴司士员司户见寻》，见［清］彭定求等（编纂）：《全唐诗》［M］，北京：中华书局，1980年第1版，第1651页。

② ［宋］方岳：《吕宗卿以病谢客明日约饭则予行矣诗以代简》，见傅璇琮、倪其心、孙钦善、陈新、许逸民（主编）：《全宋诗》［M］，北京：北京大学出版社，1995年第1版，第38368页。

③ ［清］彭定求等（编纂）：《全唐诗》［M］，北京：中华书局，1980年第1版，第2600页。

④ ［唐］钱起：《酬赵给事相寻不遇留赠》，见［清］彭定求等（编纂）：《全唐诗》［M］，北京：中华书局，1980年第1版，第2673页。

⑤ ［宋］张耒：《感春十三首其一》，见傅璇琮、倪其心、孙钦善、陈新、许逸民（主编）：《全宋诗》［M］，北京：北京大学出版社，1995年第1版，第13351页。

来了客人，他杀了只鸡。客人以为是款待自己的，结果茅容把鸡只给母亲吃，自己和客人一起吃蔬菜。[①] 不过，总的来说，这事少见。一般来说，鸡都会用招待客人的。反正不管给谁吃不给谁吃吧，家里养鸡是必要的。

第三，鸡是公认的闹钟。《礼记》规定什么人一早起来要做什么事，都是说，“鸡初鸣，……”有名气的人，无论善名还是恶名，一般都会说他鸡鸣而起，唯一的差别是他起来干什么了。孟子说：有的人，比如舜，起来忙着行善，于是就成了圣人；有的人起来就忙着牟利，于是就成了盗贼。“鸡鸣而起，孳孳为善者，舜之徒也；孳孳为利者，蹠之徒也。[②]”《孔雀东南飞》里，焦仲卿的妻子刘兰芝很贤惠勤劳，就说她“鸡鸣入机织[③]”。曹组着急回家，就说：“一声鸡唱，马嘶人起，又上长安道。[④]”

刘兰芝、曹组勤快，温庭筠、陆游比他们还勤快。温庭筠着急回家，等不到鸡鸣就起身上路了，写诗说：“晨起动征铎，客行悲故乡。鸡声茅店月，人迹板桥霜。[⑤]”陆游

---

① [宋] 范晔：《后汉书》[M]，[唐] 李贤等注，北京：中华书局，1999 年版，第 1505 页。

② [清] 焦循：《孟子正义》[M]，沈文倬点校，北京：中华书局，1987 年第 1 版，第 914 页。

③ 无名人：《古诗为焦仲卿妻作》，见 [陈] 徐陵（编）：《玉台新咏笺注》[M]，[清] 吴兆宜注，[清] 程琰删补，穆克宏点校，北京：中华书局，1985 年第 1 版，第 43 页。

④ [宋] 曹组：《青玉案·田园有计归须早》，见唐圭璋（编）：《全宋词》[M]，北京：中华书局，1965 年第 1 版，第 804 页。

⑤ [唐] 温庭筠：《商山早行》，见 [清] 彭定求等（编纂）：《全唐诗》[M]，北京：中华书局，1980 年第 1 版，第 6741 页。

教训儿子说，吃饭吃糙米就好了，起床要比鸡早：“食尝甘脱粟，起不待鸣鸡。①”陆游是这样说的，自己肯定也是这样做的。看他一生留下的诗词，就知道他有多勤快了。他是那种把诗当日记写的人。下一场雪，他就可以写四五首诗。天很冷但没有下雪，写一首；夜里忽然下雪了，写一首；雪下了好长时间还没停，写一首；雪停了，再写一首。其实，如果他愿意，他还可以再写首雪后访梅的诗。所以，陆游的诗，是研究当时气象问题的很好资料。

但鸡鸣这个闹钟，有时会闹点乌龙。比如：秦昭襄王想把齐国的孟尝君抓起来杀掉，孟尝君连夜出函谷关，逃往齐国。按秦国关规，鸡鸣才开关。于是，孟尝君的一位门客学了几声鸡叫，把真鸡也搞糊涂了，跟着叫了起来。守关人听见鸡叫，打开关门。孟尝君就这样出关了。②刘克庄曾特意写诗说这件事：“关法晨方度，其如夜未明。危机真虎口，急计假鸡鸣。③”

虽然鸡会闹乌龙，且鸡鸣或早或晚也不是十分靠谱，但毕竟鸡叫一次，人就老一天。这是注定不变的，终于把人的红颜叫老，乌发叫白。这事让苏轼很生气，也很不服气。他是豪放派，性情豪迈，不服老，最讨厌人家说时光

---

① ［宋］陆游：《示儿》，见［宋］陆游：《剑南诗稿校注》［M］，钱仲联校注，上海：上海古籍出版社，1985 年第 1 版，第 3310 页。

② ［汉］司马迁：《史记》［M］，［宋］裴骃集解、［唐］司马贞索隐、［唐］张守节正义，北京：中华书局，1999 年版，第 1847-1848 页。

③ ［宋］刘克庄：《四更山吐月》，见傅璇琮、倪其心、孙钦善、陈新、许逸民（主编）：《全宋诗》［M］，北京：北京大学出版社，1995 年第 1 版，第 36504 页。

东去如流水、一去不回头之类的话，专门写了一首《浣溪沙》驳斥说："谁道人生无再少？门前流水尚能西！休将白发唱黄鸡。[1]"

第四，鸡和狗一起，成了人家的代表。虽然家里一般都养着鸡、猪、狗，但猪较为安静，吃饱就睡了，不像鸡和狗那样整天鸡飞狗跳的，总要搞出点动静来。于是，鸡和狗的声音，就常常代表了人家。孟子说到齐国人口稠密，就说"鸡鸣狗吠相闻[2]"。陶渊明写《归园田居》，表达乡村人家生活的美好时，就说："狗吠深巷中，鸡鸣桑树颠。[3]"孟浩然去拜访朋友，结果朋友爬山去了，没在家，他写诗说："主人登高去，鸡犬空在家。[4]"反过来，没有了鸡鸣犬吠，就意味着没有了人烟，是荒芜悲凉的象征。《后汉书》说北夷作寇、民不聊生时，就说："千里无烟，无鸡鸣狗吠之声。[5]"

因为鸡是家里的重要一员，家里有点好事坏事、大事小情的，鸡都少不了跟着受影响。《论衡》说，淮南王得

---

① ［宋］苏轼：《浣溪沙·游蕲水清泉寺》，见唐圭璋（编）：《全宋词》［M］，北京：中华书局，1965年第1版，第314页。

② ［清］焦循：《孟子正义》［M］，沈文倬点校，北京：中华书局，1987年第1版，第185页。

③ ［晋］：陶渊明：《归园田居》，见［晋］陶渊明：《陶渊明集》［M］，逯钦立校注，北京：中华书局，1979年第1版，第40页。

④ ［唐］孟浩然：《寻菊花潭主人不遇》，见［清］彭定求等（编纂）：《全唐诗》［M］，北京：中华书局，1980年第1版，第1667页。

⑤ ［宋］范晔：《后汉书》［M］，［唐］李贤等注，北京：中华书局，1999年版，第2150页。

道，家里鸡犬升天：“犬吠于天上，鸡鸣于云中。[①]”卢仝曾写诗说：“自古圣贤放入土，淮南鸡犬驱上天。[②]”说的就是这个事。升天是大事，一般不用想。不过，有些小事倒是可以经常想想，比如搬个家什么的。白居易搬了新家，居住条件得到很大改善。他很高兴，写诗说家里人和鸡犬也都很高兴：“家人及鸡犬，随我亦熙熙。[③]”升天、搬家是好事，鸡会受益。不过，万一遇到坏事，鸡也要受牵连。话说曹操为报杀父之仇，攻打陶谦，血洗徐州：“杀男女数十万人，鸡犬无馀。”[④]

第五，鸡是娱乐工具。富贵人家不用为一碗饭奔忙，没事就斗个鸡、赛个狗什么的。斗鸡这事，从先秦时起就很流行。《战国策》里，苏秦游说齐宣王合纵，说齐国富足，不必害怕强秦时就说，临淄这个地方的人们生活殷实富裕，人人都弹奏乐器、斗鸡走狗游乐。[⑤]鲁国的公室季氏和大夫郈氏没事也斗鸡玩，郈氏给鸡披上铠甲，而季氏给鸡足安上金属刺。最后，季氏的鸡输了。季平子因此很

---

① 黄晖：《论衡校释》[M]，刘盼遂集解，北京：中华书局，2006年第1版，第317页。

② [唐] 卢仝：《忆金鹅山沈山人二首》，见 [清] 彭定求等（编纂）：《全唐诗》[M]，北京：中华书局，1980年第1版，第4382页。

③ [唐] 白居易：《移家入新宅》，见 [清] 彭定求等（编纂）：《全唐诗》[M]，北京：中华书局，1980年第1版，第4764页。

④ [宋] 范晔：《后汉书》[M]，[唐] 李贤等注，北京：中华书局，1999年版，第1598页。

⑤ 王守谦、喻芳葵、王凤春、李烨（译注）：《战国策全译》[M]，贵阳：贵州人民出版社，1992年第1版，第248页。

生气，后果很严重——他强占了郈氏的宅院。鲁昭公派郈氏领兵攻打季氏，郈氏兵败而死；连鲁昭公也被迫逃亡齐国。① 可见玩乐有时并非全是好事，乐极生悲说的就是这些事了。汉朝的世家子弟没事也爱斗鸡赛狗赛马。汉武帝的宠臣所忠为此，还曾对汉武帝进言，并惩罚了几千人。② 虽然惩罚了这么多人，但斗鸡这件事却越发火爆起来。三国时期，魏国的陈王曹植专门写了一首《斗鸡诗》。③ 这还不算，等到南北朝时期，梁朝的皇帝简文帝也写了一首《斗鸡诗》！④ 到了唐朝，斗鸡之风更盛。唐玄宗就很喜欢斗鸡。但李白却不想通过斗鸡赌狗这类游戏获得皇帝的宠爱，就在《行路难》中写道："羞

隋代白瓷鸡首壶（河洛摄于国家博物馆）

---

① ［汉］刘安：《淮南子全译》［M］，许匡一译注，贵阳：贵州人民出版社，1993年第1版，第1094-1095页。

② ［汉］班固：《汉书》［M］，［唐］颜师古注，北京：中华书局，1999年版，第980页。

③ ［魏］曹植：《曹植集校注》［M］，赵幼文校注，北京：人民文学出版社，1984年第1版，第1页。

④ ［梁］简文帝：《斗鸡诗》，见逯钦立（辑校）：《先秦汉魏晋南北朝诗》［M］，北京：中华书局，1988年版，第1908页。

逐长安社中儿，赤鸡白狗赌梨栗。[1]”

唐代陶蛋（河洛摄于深圳市博物馆）

鸡的一生中，其实是遇到过伯乐的。那就是春秋末期燕国的宰相田饶。田饶原本是鲁国人，但鲁哀公并不重用他。于是，他向鲁哀公辞别。他埋怨鲁哀公相信外来的和尚会念经，而以家鸡自比：鸡有五德——头戴冠，是文；足后有距，是武；敌在前敢斗，是勇；看到食物就呼唤同伴，是仁；守夜不忘报时，是信。[2] 田饶的这一看法十分有理，但不知为什么并不常常被士子们提起。所以，鸡之五德一直沉寂在历史的长河里。

虽然沉寂在历史的长河里，却又似乎浸润在中国人的心里。中国人非常喜欢鸡。先秦时期行灌礼，要用鸡彝。两晋时期，匠人们也制了很多鸡首壶。据说是因为鸡与“吉”谐音，所以受到青睐。倒未必仅仅是这个原因，对

---

① ［清］彭定求等（编纂）:《全唐诗》［M］，北京：中华书局，1980年第1版，第344页。

② ［汉］韩婴:《韩诗外传集释》［M］，许维遹校释，北京：中华书局，1980年第1版，第60-61页。

于每一个小小的家庭来说，非得在院子了垒上一个鸡窝，这才算安定地过上了生活。每天听着鸡鸣醒来，又怀着热切的快乐去找鸡蛋；喂饱了鸡，又看着小鸡一点点地长大。人们怎么可能不喜欢鸡呢？或者什么理由都不需要，单就为了这份长长久久的陪伴，喜欢鸡就是一种必然！

参考文献

1. ［汉］班固：《汉书》［M］，［唐］颜师古注，北京：中华书局，1999年版。

2. ［魏］曹植：《曹植集校注》［M］，赵幼文校注，北京：人民文学出版社，1984年第1版。

3. ［宋］范晔：《后汉书》［M］，［唐］李贤等注，北京：中华书局，1999年版。

4. 傅璇琮、倪其心、孙钦善、陈新、许逸民（主编）：《全宋诗》［M］，北京：北京大学出版社，1995年第1版。

5. ［汉］韩婴：《韩诗外传集释》［M］，许维遹校释，北京：中华书局，1980年第1版。

6. 黄晖：《论衡校释》［M］，刘盼遂集解，北京：中华书局，2006年第1版。

7. ［清］焦循：《孟子正义》［M］，沈文倬点校，北京：中华书局，1987年第1版。

8. ［汉］刘安：《淮南子全译》［M］，许匡一译注，贵阳：贵州人民出版社，1993年第1版。

9. ［清］刘宝楠：《论语正义》［M］，高流水点校，北京：中华书局，1990年第1版。

10. 逯钦立（辑校）：《先秦汉魏晋南北朝诗》［M］，北京：中华书局，1988 年版。

11. ［宋］陆游：《剑南诗稿校注》［M］，钱仲联校注，上海：上海古籍出版社，1985 年第 1 版。

12. ［清］彭定求等（编纂）：《全唐诗》［M］，北京：中华书局，1980 年第 1 版。

13. ［汉］司马迁：《史记》［M］，［宋］裴骃集解、［唐］司马贞索隐、［唐］张守节正义，北京：中华书局，1999 年版。

14. ［清］孙希旦：《礼记集解》［M］，沈啸寰、王星贤点校，北京：中华书局，1989 年第 1 版。

15. 唐圭璋（编）：《全宋词》［M］，北京：中华书局，1965 年第 1 版。

16. ［晋］陶渊明：《陶渊明集》［M］，逯钦立校注，北京：中华书局，1979 年第 1 版。

17. 王守谦、喻芳葵、王凤春、李烨（译注）：《战国策全译》［M］，贵阳：贵州人民出版社，1992 年第 1 版。

18. ［陈］徐陵（编）：《玉台新咏笺注》［M］，［清］吴兆宜注，［清］程琰删补，穆克宏点校，北京：中华书局，1985 年第 1 版。

鸭

鸭，古时也叫鹜。《说文解字》说：“鹜，家鸭名。[①]”《尔雅注疏》中也说，鹜是家鸭。[②]

禽类之中，古人最喜欢的是凤凰、鸿鹄之属。有它们珠玉在前，其余禽类都入了二流了。鸭当然也不例外。所以，屈原谈及君子困顿而小人得志时，就说：“凤皇在笯兮，鸡鹜翔舞。[③]”后来屈原被流放，三年没有见到楚王。他不知何去何从之时，就向太卜问卜，自己到底应该和鸿鹄比翼高飞呢，还是应该和鸡鸭争食？“宁与黄鹄比翼乎，

① ［汉］许慎：《说文解字注》［M］，［清］段玉裁注，上海：上海古籍出版社，1981年第1版，第152页。

② 《十三经注疏》整理委员会（整理），李学勤（主编）：《尔雅注疏》［M］，［晋］郭璞注，［宋］邢昺疏，李传书整理，徐朝华审定，北京：北京大学出版社，1999年第1版，第307页。

③ ［战国楚］屈原：《九章》，见林家骊（译注）：《楚辞》［M］，北京：中华书局，2009年第1版，第130页。

将与鸡鹜争食乎？[1]” 屈原这话对后世文人影响很大，搞得很多文人都想如鸿鹄一般一飞冲天，而羞于成为鸡鹜每天只知道争食了。孟浩然也是其中之一，他说：“冲天羡鸿鹄，争食羞鸡鹜。”[2] 文天祥为人刚正忠烈，是一身傲骨、宁折不弯的英雄豪杰。军溃被俘后，曾绝食八日不死；后拘燕三年，忠贞不屈，最终遇害。[3] 在他心里，即便凤凰落难，也绝不吃鸡鸭食。所以，他说：“威凤虽在薮，肯顾鸡鹜食。[4]” 诗词中提到鹜，多半不是什么好事。

其实这样说鸭，鸭是很冤屈的。鸭虽然不如鸿鹄之高远，但也举止稳重克制，并非一无是处。这使鸭有了可取之处和一席之地。所以，东汉开国功臣马援教训侄子马严和马敦时就说，龙伯高这人敦厚周慎，你们要向他学习；就是学不成他那样子，至少也是个谨慎稳重之人。这就是所谓的“刻鹄不成尚类鹜[5]”，算是对鸭的一个较为公正的评价。

总的来说，古人似乎还是喜欢鸭的。端午节煮粽子，

---

① ［战国楚］屈原：《卜居》，林家骊译注，《楚辞》［M］，北京：中华书局，2009 年第 1 版，第 177 页。

② ［唐］孟浩然：《田园作》，见［清］彭定求等（编纂）：《全唐诗》［M］，北京：中华书局，1980 年第 1 版第 1627 页。

③ 傅璇琮、倪其心、孙钦善、陈新、许逸民（主编）：《全宋诗》［M］，北京：北京大学出版社，1995 年第 1 版，第 42935 页。

④ ［宋］文天祥：《送行中斋三首其一》，见傅璇琮、倪其心、孙钦善、陈新、许逸民（主编）：《全宋诗》［M］，北京：北京大学出版社，1995 年第 1 版，第 43035 页。

⑤ ［宋］范晔：《后汉书》［M］，［唐］李贤等注，北京：中华书局，1999 年版，第 565 页。

感觉煮的粽子像小鸭子一样浮在水中，便说："仲夏端五，烹鹜角黍！[①]"这不知是谁想起来的称呼，充满幼稚童趣！初唐四杰之一的王勃写《滕王阁诗序》，其中一句"落霞与孤鹜齐飞[②]"，更是让鸭能从此抬头挺胸、趾高气扬起来！

东汉时期绿釉陶鸭（河洛摄于上海市博物馆）

细想起来，大约古人对鸭的感情如同对鸡的感情一样，是一直看着长大的小东西，怎能不衷心喜爱呢？或许是这个原因吧，古代匠人们制作了许多精美绝伦的鸭形器具。西周时期，应国使者探访邢公，用邢公赐他的铜做了一个鸭形盉，用来盛酒水，也算是别出心裁了。湖北曾侯乙墓出土有鸭形彩漆木盒，给买椟还珠这一成语做了完美的诠释。似乎有不少香薰炉也做成了鸭子的形状。所以，诗词

---

① 出自《风土记》，见［唐］徐坚等：《初学记》［M］，北京：中华书局，1962年第1版，第73页。

② ［唐］王勃：《滕王阁诗序》，见何林天（校注）：《重订新校王子安集》［M］，太原：山西人民出版社，1990年第1版，第86页。

中如果说到鸭，很大可能是说的熏香炉。时彦乃河南开封人，宋神宗元丰二年状元及第。他的一生仅流传下了一首词，是写相思之情的：“星斗横幽馆，夜无眠、灯花空老。雾浓香鸭，冰凝泪烛，霜天难晓。①”陆游写相思之情，说：“如今何处也，梦魂难觅。金鸭微温香缥缈，锦茵初展情萧瑟。②”李清照写相思之情，说：“玉鸭熏炉闲瑞脑，朱樱斗帐掩流苏。③”蔡伸写相思之情，说：“鸾衾欲展谁堪共，帘幕霜华重。鸭炉香尽锦屏中。④”戴叔伦写相思之情，说：“金鸭香消欲断

明代景德镇鸭形香薰（河洛摄于上海市博物馆）

① ［宋］时彦：《青门饮·寄宠人》，见唐圭璋（编）：《全宋词》［M］，北京：中华书局，1965 年第 1 版，第 453 页。

② ［宋］陆游：《满江红·危堞朱栏》，见唐圭璋（编）：《全宋词》［M］，北京：中华书局，1965 年第 1 版，第 1581 页。

③ ［宋］李清照：《浣溪沙·髻子伤春慵更梳》，见唐圭璋（编）：《全宋词》［M］，北京：中华书局，1965 年第 1 版，第 934 页。

④ ［宋］蔡伸：《虞美人·飞梁石径关山路》，见唐圭璋（编）：《全宋词》［M］，北京：中华书局，1965 年第 1 版，1012 页。

魂，梨花春雨掩重门。欲知别后相思意，回看罗衣积泪痕。①”

怎么都是些写相思之情的啊？就没有写香鸭而不写相思之情的诗词吗？当然有了，不过这里不去说它，腻味得很。

明代鸭形铜香薰（河洛摄于广东省博物馆）

不知是什么缘故，博物馆中的熏香炉，鸭形的倒不多见。这件事真让人百思不得其解。难道就像菱花一样，确实有铜镜做成菱花的模样？文人们不管三七二十一，统统管铜镜叫菱花。也确实有香薰炉做成了小鸭的形状，文人们也不管三七二十一了，统统管香薰炉叫了香鸭！

等等！为什么说了这么久，不是拿小鸭比喻小人，就是拿小鸭比喻香薰炉？难道就没有说真正的小鸭的吗？当然有了，辛弃疾就是一个。

① ［唐］戴叔伦：《春怨》，见［清］彭定求等（编纂）：《全唐诗》［M］，北京：中华书局，1980年第1版，第3104页。

他看到村里农舍景象，说："鸡鸭成群晚不收，桑麻长过屋山头。①"这是真正在说鸭的日常了，还说得那么质朴平实、温暖宁静。李商隐也曾写《幽居冬暮》，说："羽翼摧残日，郊园寂寞时。晓鸡惊树雪，寒鹜守冰池。②"这似乎是在说真的鸡和鸭，又似乎是在暗喻心怀热望又不识时务，举步维艰而处境困顿的他自己。不过，他的诗向来扑朔迷离、隐晦含蓄，到底想说什么，怕只有他自己知道吧。

参考文献

1. [宋] 范晔：《后汉书》[M]，[唐] 李贤等注，北京：中华书局，1999 年版。

2. 傅璇琮、倪其心、孙钦善、陈新、许逸民（主编）：《全宋诗》[M]，北京：北京大学出版社，1995 年第 1 版。

3. 何林天（校注）：《重订新校王子安集》[M]，太原：山西人民出版社，1990 年第 1 版。

4. 林家骊（译注）：《楚辞》[M]，北京：中华书局，2009 年第 1 版。

5. [清] 彭定求等（编纂）：《全唐诗》[M]，北京：中华书局，1980 年第 1 版。

6.《十三经注疏》整理委员会（整理），李学勤（主编）：《尔雅注疏》[M]，[晋] 郭璞注，[宋] 邢昺疏，李传书整理，徐朝华审定，北京：北京

① [宋] 辛弃疾：《鹧鸪天·戏题村舍》，见唐圭璋（编）：《全宋词》[M]，北京：中华书局，1965 年第 1 版，第 1924 页。

② [唐] 李商隐：《幽居冬暮》，见 [清] 彭定求等（编纂）：《全唐诗》[M]，北京：中华书局，1980 年第 1 版，第 6218 页。

大学出版社，1999 年第 1 版。

7. 唐圭璋（编）：《全宋词》［M］，北京：中华书局，1965 年第 1 版。

8. ［唐］徐坚等：《初学记》［M］，北京：中华书局，1962 年第 1 版。

9. ［汉］许慎：《说文解字注》［M］，［清］段玉裁注，上海：上海古籍出版社，1981 年第 1 版。

鹅

鹅界曾发生过一件惨案，那是在东晋。大司马桓温之子桓玄小时候和堂兄弟们斗鹅，老是输。于是，他在夜里偷偷把堂兄弟们的鹅都杀了。[①] 虞世南说桓玄："盖有浮狡之小智，而无含宏之大德。[②]"这话真是一点儿没错。元兴二年，即公元 403 年，桓玄威逼晋安帝禅位，建立桓楚，都城建康（今南京），改元"永始"。[③] 他丧德篡位在先，骄奢荒侈在后。第二年，原先的部下，南朝刘宋开国皇帝刘裕举兵起义，桓玄最终落得兵败被杀的下场。[④]

---

① ［南朝宋］刘义庆（编撰）：《世说新语全译》［M］，柳士镇、刘开骅译注，贵阳：贵州人民出版社，1996 年第 1 版，第 758 页。

② ［唐］虞世南：《帝王略论》［M］，陈虎注译，北京：中华书局，2008 年第 1 版，第 123 页。

③ ［唐］房玄龄等：《晋书》［M］，北京：中华书局，1974 年第 1 版，第 2595 页。

④ ［唐］房玄龄等：《晋书》［M］，北京：中华书局，1974 年第 1 版，第 2595-2601 页。

虽然鹅界发生过惨案，但鹅终归是幸运的。因为它们既有知音，又有伯乐！鹅的知音当然就是王羲之。王羲之爱鹅，曾用一部手抄《道德经》，从山阴道士那里换了一群鹅。① 不知道李白是喜欢王羲之还是喜欢鹅，反正李白对这事很感兴趣。贺知章告老还乡回故乡山阴时，李白送他，特地拿这事写诗说："镜湖流水漾清波，狂客归舟逸兴多。山阴道士如相见，应写黄庭换白鹅。"② 写了这首诗，他还觉得不过瘾，后来又专门写了一首诗，用这事赞美王羲之的洒脱出尘："右军本清真，潇洒出风尘。……书罢笼鹅去，何曾别主人。"③

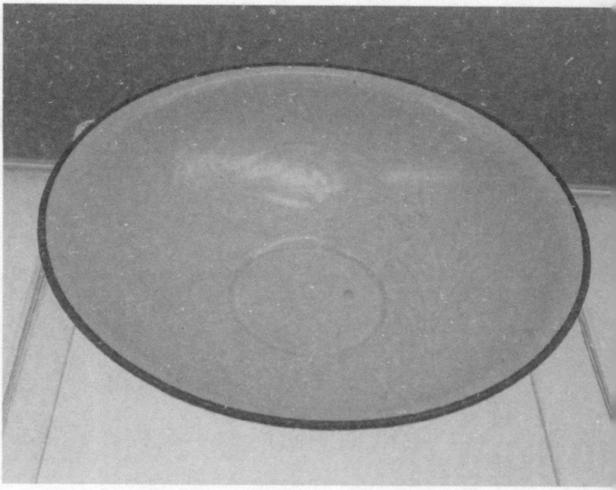

北宋定窑白釉鹅纹碗（河洛摄于上海市博物馆）

李白对这事，是持赞赏态度的，认为是一段佳话。世俗之人都说山阴道士赚到了，但韩愈却不以为然。他似乎有些蔑视王羲之的书法，嫌其俗媚，居然也能换得白鹅！

---

① ［唐］房玄龄等：《晋书》［M］，北京：中华书局，1974 年第 1 版，第 2100 页。

② ［唐］李白：《送贺宾客归越》，见［清］彭定求等（编纂）：《全唐诗》［M］，北京：中华书局，1980 年第 1 版，第 1797 页。

③ ［唐］李白：《王右军》，见［清］彭定求等（编纂）：《全唐诗》［M］，北京：中华书局，1980 年第 1 版，第 1845 页。

他很生气。为了呼吁当局保护刚刚出土的秦代石刻，就拿这事说事，说王羲之那样媚俗的书法还能换到鹅。相比之下，这么珍贵的石刻却得不到保护。真是呜呼，哀哉！“羲之俗书趁姿媚，数纸尚可博白鹅。……石鼓之歌止于此，呜呼吾意其蹉跎。①”

王羲之爱鹅太出名，导致我常常下意识地认为，《咏鹅》② 那首诗是王羲之写的。这实在是对不住骆宾王了。王羲之爱鹅，是自己爱而已。骆宾王可能并不爱鹅，但凭这一七岁时的少年杰作，让鹅成为唐代以来所有中国人一生中会背的第一首唐诗的主角，不能不说对鹅有知遇之恩，可谓鹅的伯乐了。

王羲之爱鹅，一时让鹅也得意了一阵子。王羲之逝后，鹅又归入了历史的尘埃之中。其实，这并不奇怪。因为只要有了凤凰、鸿鹄之属，其余禽类就再难领风骚了。鹅也不例外。自古以来，就是如此。西汉著名辞赋家杨雄就说，凤凰在蓬莱水洲飞翔，驾鹅哪里赶得上！“凤皇翔于蓬陼兮，岂驾鹅之能捷！③” 东方朔写《谬谏》，哀悼屈原之怀才不遇时说：鸾凤、孔雀飞向远方，鸭和鹅却只能被养在

---

① ［唐］韩愈：《石鼓歌》，见［清］彭定求等（编纂）：《全唐诗》［M］，北京：中华书局，1980 年第 1 版，第 1845 页。

② ［唐］骆宾王：《咏鹅》，见［清］彭定求等（编纂）：《全唐诗》［M］，北京：中华书局，1980 年第 1 版，第 864 页。

③ ［汉］：杨雄：《反离骚》，见［汉］班固：《汉书》［M］，［唐］颜师古注，北京：中华书局，1999 年版，第 2610 页。

家中。“鸾皇孔凤日以远兮，畜凫驾鹅。”① 对于这种蔑视，鹅一向是默默承受的。但是，自从王羲之带领鹅很是威风了一阵子之后，鹅已经不能再甘于寂寞了。鹅自觉和鹤资质一样，都比鸭强很多，但鹅和鹤的境遇却天差地别。所以，鹅很不满，跟鹤起了争执。在双方的辩论之中，白居易居中调停，作了双方的代言人。鹅的抱怨是：“君因风送入青云，我被人驱向鸭群。雪颈霜毛红网掌，请看何处不如君？②”而鹤因为鹅凭借王羲之的提携一时身价百倍早已心怀愤恨，认为自己为了时尚瘦身所付出的代价，是鹅根本不比不了。因此，鹅便回答说：“右军殁后欲何依，只合随鸡逐鸭飞。未必牺牲及吾辈，大都我瘦胜君肥。③”

在鹅与鹤的争端中，白居易看似持身公正，其实未必。因为白大人内心明显同情鹅。王羲之已殁，白居易就想要从另一个方面给鹅一点身份、地位。他想了很久，终于想到了雪！

在中国文化中，菱花归了铜镜，金鸭归了香炉，鹅毛就归了雪花。这事传播之广，要属白居易厥功甚伟。他至少五次强调雪花如鹅毛！元和年间，唐宪宗在位，史称“元和中兴”。元和六年辛卯年二月，仲春之末寒食天气，

---

① ［汉］东方朔：《谬谏》，见［宋］洪兴祖：《楚辞补注》［M］，北京：中华书局，1983年版，第257页。

② ［唐］白居易：《鹅赠鹤》，见［清］彭定求等（编纂）：《全唐诗》［M］，北京：中华书局，1980年第1版，第5233页。

③ ［唐］白居易：《鹤答鹅》，见［清］彭定求等（编纂）：《全唐诗》［M］，北京：中华书局，1980年第1版，第5233页。

白居易像（复制品）（河洛摄于国家博物馆）

河水解冻、杏花开放时节，气温骤降，还下了一场大雪。白居易很担心，总觉得反常为妖，特别做《春雪》诗说："大似落鹅毛，密如飘玉屑。[①]"又一个雪夜，他的朋友设宴，请他吃饭，喝桑落酒。室外风利如刀，室内温炉软袍，他一高兴，决定不醉无归。之后，做诗说："不醉遣侬争散得？门前雪片似鹅毛。[②]"又一个雪夜，他自己在家烤火，做诗说："鹅毛纷正堕，兽炭敲初折。[③]"又一个雪夜，朋友李幼清来访，还送他一些礼物。他请朋友在明如昼、暖如春的毡帐里喝酒，十分畅快。他还想留朋友过夜，写诗说："可怜

---

① ［唐］白居易：《春雪》，见［清］彭定求等（编纂）：《全唐诗》［M］，北京：中华书局，1980年第1版，第4661页。

② ［唐］白居易：《房家夜宴喜雪戏赠主人》，见［清］彭定求等（编纂）：《全唐诗》［M］，北京：中华书局，1980年第1版，第4925页。

③ ［唐］白居易：《对火玩雪》，见［清］彭定求等（编纂）：《全唐诗》［M］，北京：中华书局，1980年第1版，第4997页。

今夜鹅毛雪，引得高情鹤氅人。[1]”开成年间，已进入暮年的白居易和中书令裴度、刘禹锡恰好都在东都洛阳，三人过从甚密，诗酒酬唱。有一天下大雪，裴度送了白居易一些东西，并奇怪地问，前些日子雨大泥深，你和刘禹锡还带着歌妓跑来玩；在这乱雪飞花的美妙日子里，你们为何却不来一起赏雪了呢？“忆昨雨多泥又深，犹能携妓远过寻。满空乱雪花相似，何事居然无赏心。[2]”裴度这人，相貌不过中人之姿，但风采俊爽，占对雄辩。[3]这话问得尖锐，让人不易回答。但白居易虽然敦厚善良，其实口头厉害，从不吃亏。他以攻为守，说没有得到邀请，怎么去呀？写诗道：“雪似鹅毛飞散乱，人披鹤氅立裴回。邹生枚叟非无兴，唯待梁王召即来。[4]”

参考文献

1. ［汉］班固：《汉书》［M］，［唐］颜师古（注），北京：中华书局，1999年版。

2. ［唐］房玄龄等：《晋书》［M］，北京：中华书局，1974年第1版。

---

① ［唐］白居易：《雪夜喜李郎中见访兼酬所赠》，见［清］彭定求等（编纂）：《全唐诗》［M］，北京：中华书局，1980年第1版，第5084页。

② ［唐］裴度：《雪中讶诸公不相访》，见［清］彭定求等（编纂）：《全唐诗》［M］，北京：中华书局，1980年第1版，第3757页。

③ ［清］彭定求等（编纂）：《全唐诗》［M］，北京：中华书局，1980年第1版，第3754页。

④ ［唐］白居易：《酬令公雪中见赠讶不与梦得同相访》，见［清］彭定求等（编纂）：《全唐诗》［M］，北京：中华书局，1980年第1版，第5174–5175页。

3. ［宋］洪兴祖：《楚辞补注》［M］，北京：中华书局，1983 年版。

4. ［南朝宋］刘义庆（编撰）：《世说新语全译》［M］，柳士镇、刘开骅译注，贵阳：贵州人民出版社，1996 年第 1 版。

5. ［清］彭定求等（编纂）：《全唐诗》［M］，北京：中华书局，1980 年第 1 版。

6. ［唐］虞世南：《帝王略论》［M］，陈虎注译，北京：中华书局，2008 年第 1 版。

鱼

鱼，是人类最早的食物之一。但鱼并不是很容易获得的食物。话说回来，其实没有什么食物是能轻易得到的。在没有五谷充饥的时候，捉鱼之难给人的心理感受，就更是直线上升了。《淮南子》说，你在江边钓鱼，钓一天也不能钓满一箩筐："临江而钓，旷日而不能盈罗。[1]"这一天下来，够不够一家人吃都很难说。这时，有位圣人出现了，他教大家结绳为网。[2] 不钓了，也不用鱼叉叉鱼了，改用渔网捕鱼了！这下劳动生产率大大提高，人们都吃饱了。于是，这位圣人也就得到了天下。他就是三皇五帝之首的包羲氏。

---

① ［汉］刘安等（编著）：《淮南子》［M］，［汉］高诱注，［清］莊逵吉校刊，上海：上海：上海古籍出版社，1989 年第 1 版，第 7 页。

② ［清］李道平：《周易集解纂疏》［M］，潘雨廷点校，北京：中华书局，1994 年第 1 版，第 624 页。

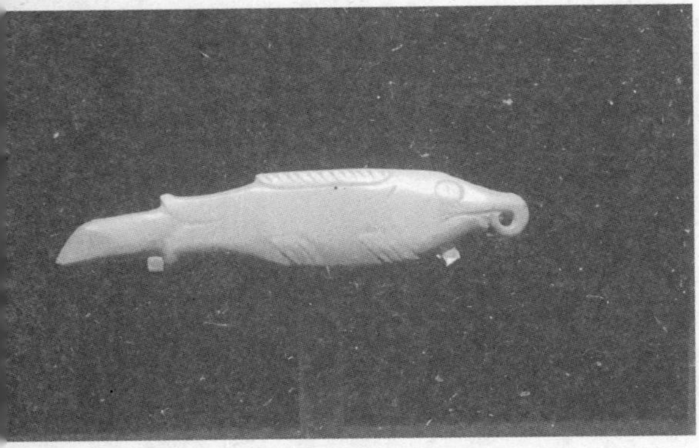

商代晚期玉鱼（河洛摄于上海市博物馆）

商代晚期玉鱼（河洛摄于上海市博物馆）

旷日持久的饥饿，磨利了人的渴望。于是，人们把渔网越结越密，鱼界岌岌可危。这时，另一位圣人出现了。他为鱼界代言，致力于人、鱼两界的和平稳定和可持续发展。他叫大家不要用很密的网捕鱼，这样人们就永远有鱼吃了。这就是："数罟不入洿池，鱼鳖不可胜食也。"① 这一理念，一直贯彻到今天。这位圣人就是孟子。

就饮食界而言，虽然同是人类最早的食物之一，但鱼并没有像牛、羊、猪那样占据崇高地位，而是降了一等。这不知是不是因为鱼的个子小的缘故而遭到了嫌弃，反正人类对于鱼，并没有像对其他早期食物一样充满恭谨和尊重。

---

① 《十三经注疏》整理委员会（整理），李学勤（主编）：《孟子注疏》[M]，[汉] 赵岐注，[宋] 孙奭疏，廖明春、刘佑平整理，钱逊审定，北京：北京大学出版社，1999 年第 1 版，第 9 页。

所以，《礼记》上规定，天子举行社稷之祭要用大牢，即牛、羊、猪；诸侯举行社稷之祭要用少牢，即羊、猪。[①]都没有鱼什么事！不过，鱼也并没有被完全忽视。毕竟庶人祭祀祖先，夏天要用麦和鱼来祭祀。[②]

认真说起来，人对鱼的态度，其实不仅是少了些许恭敬和尊重，而是简直就把鱼看成一个傻白甜。

说鱼甜，鱼的味道鲜美、风味独树一帜，与肉不同，是不争的事实。鱼美味到什么程度呢？在孟子的个人美食排行榜中，鱼排第二，第一名是熊掌。[③] 熊掌太少见了，在一般人的心里，只能是一个传说。要说真能勾起人馋虫来的，还得是鱼！鱼的美味已经超出很多人能够克制的程度，能让人神魂颠倒、如醉如痴，达到了一种能搞点事情的地步。以致宋人彭渊材认为，鲥鱼有刺，乃是平生第一大恨事。[④] 以致西晋张翰见到秋风起，想起了老家吴中的

---

① 《十三经注疏》整理委员会（整理），李学勤（主编）：《礼记正义》[M]，[汉] 郑玄注，[唐] 孔颖达疏，龚抗云整理，王文锦审定，北京：北京大学出版社，1999 年第 1 版，第 391 页。

② 《十三经注疏》整理委员会（整理），李学勤（主编）：《礼记正义》[M]，[汉] 郑玄注，[唐] 孔颖达疏，龚抗云整理，王文锦审定，北京：北京大学出版社，1999 年第 1 版，第 391 页。

③ 《十三经注疏》整理委员会（整理），李学勤（主编）：《孟子注疏》[M]，[汉] 赵岐注，[宋] 孙奭疏，廖明春、刘佑平整理，钱逊审定，北京：北京大学出版社，1999 年第 1 版，第 308 页。

④ 语出 [宋] 释惠洪：《冷斋夜话 · 卷九》。原文：渊材……尝曰：'吾平生无所恨，所恨者五事耳。' 人问其故……乃答曰：'第一恨鲥鱼多骨，……第四恨海棠无香，……' 闻者大笑。见 [清] 永瑢、纪昀等（编）：《钦定四库全书 · 子部 · 冷斋夜话》[M]，1781 年版，第九卷第二页。

菰菜羹、鲈鱼脍，竟能当即辞官，坐车回家去了！[①] 鱼不仅能让张翰辞官归家，还能让人乐不思蜀。不，是乐不思豫，说的就是白居易。他是河南人，在江南做官时，因常常能吃到鱼，就连家乡也不思念了。他写诗说："绿蚁杯香嫩，红丝脍缕肥。故园无此味，何必苦思归。[②]" 范仲淹也认为，鲈鱼的味道鲜美是一致公认的事实。他说："江上往来人，但爱鲈鱼美。[③]" 对于李白来说，鲈鱼之美更是已经美到让他产生困扰了。李白秋天下荆门、入吴地，生怕别人说他是贪恋鲈鱼口腹之欲，特地写诗表明心志，说自己只是热爱名山大川而已。"此行不为鲈鱼鲙，自爱名山入剡中。[④]"

说鱼白，鱼真的是非常善良淳朴友好。一般人家，不逢年过节的，难得吃上牛、羊、猪肉。就连鸡，那也得是来了客人，才能杀一只款待来宾的。这就有点像"遍身罗绮者，不是养蚕人"[⑤] 的意味了。但鱼就友好得多，打渔为生的人，肯定是能吃上鱼的。就如郑谷的《淮上渔者》

---

① ［南朝宋］刘义庆（编撰）：《世说新语全译》［M］，柳士镇、刘开骅译注，贵阳：贵州人民出版社，1996 年第 1 版，第 303 页。

② ［唐］白居易：《春末夏初闲游江郭二首》，见［清］彭定求等（编纂）：《全唐诗》［M］，北京：中华书局，1980 年第 1 版，第 4883 页。

③ ［宋］范仲淹：《江上渔者》，见唐圭璋（编）：《全宋词》［M］，北京：中华书局，1965 年第 1 版，第 1870 页。

④ ［唐］李白：《秋下荆门》，见［清］彭定求等（编纂）：《全唐诗》［M］，北京：中华书局，1980 年第 1 版，第 1844 页。

⑤ ［宋］张俞：《蚕妇》，见傅璇琮、倪其心、孙钦善、陈新、许逸民（主编）：《全宋诗》［M］，北京：北京大学出版社，1995 年第 1 版，第 4715 页。

所说："白头波上白头翁，家逐船移浦浦风。一尺鲈鱼新钓得，儿孙吹火荻花中。"① 鲈鱼新得、儿孙烹煮，那份鲜香，没在水边现捕现吃过的人没法想象。因为那鲜香是随着时间的流逝迅速消减，在短短十数分钟内大约就消失不见了！纵然渔者再辛苦，这份鲜香，这份自在，便是什么疲惫都能洗去了。

为什么自己养的鸡、猪平时不舍得吃，但自己钓的鲈鱼舍得吃呢？当然是因为鲈鱼便宜了。陆游致仕后家里很穷的，但也会偶尔买条鲈鱼吃。他特意写了一首《买鱼》诗，感慨鲈鱼的便宜："两京春荠论斤卖，江上鲈鱼不值钱。斫脍捣齑香满屋，雨窗唤起醉中眠。"② 鲈鱼不值钱这事，并不是陆游一个人说。苏轼的爱徒张耒也说过："泽国秋高添气象，人家南去好风烟。步兵何必江东走，自有鲈鱼不值钱。"③ 张耒是北宋人，陆游是南宋人，可见在整个宋朝时期，鲈鱼一直都很便宜。他俩说便宜，是很有意义的。为什么呢？因为他俩都多次写诗说到自己的贫困。

鱼不仅白，鱼还很萌。鱼萌到什么程度呢？鱼凭一己之力，都能把看鱼人的萌商给拉高了。比如：有人看见了

---

① ［唐］郑谷：《淮上渔者》，见［清］彭定求等（编纂）：《全唐诗》［M］，北京：中华书局，1980 年第 1 版，第 7732 页。

② ［宋］陆游：《买鱼》，见傅璇琮、倪其心、孙钦善、陈新、许逸民（主编）：《全宋诗》［M］，北京：北京大学出版社，1995 年第 1 版，第 24264 页。

③ ［宋］张耒：《将至寿州初见淮山二首其一》，见傅璇琮、倪其心、孙钦善、陈新、许逸民（主编）：《全宋诗》［M］，北京：北京大学出版社，1995 年第 1 版，第 13182 页。

莲花池塘中的鱼，写了一首诗："江南可采莲，莲叶何田田。鱼戏莲叶间。鱼戏莲叶东，鱼戏莲叶西。鱼戏莲叶南，鱼戏莲叶北。"① 这不是卖萌是什么?! 而且是顶级成功的卖萌！上过小学的人，都知道这首诗吧。

唐代鎏金双鱼纹银碗（河洛摄于陕西省历史博物馆）

说鱼傻，是因为别人送信，比如鸽子，人家都是把信绑在腿上，也就是扇扇翅膀受点累而已，鱼帮人们送信，偏要吃到肚子里。信倒是很安全，不会弄丢了，但信送了，命也送了。每次都要被人剖腹把信取出来，是不是很傻？比如：姜子牙钓鱼，刳腹得书。书曰："吕望封于齐。"② 好歹姜子牙这封信，是一封非常重要的信，决定了殷商的灭亡和西周的兴起，也决定了姜子牙家族的复兴。史书一直没有说这封信是谁寄给姜子牙的，我们只能把这封信理解为天书了。为了这样一封重要的信，鱼牺牲了似乎也值得，只当是替天行道了。但是，家国兴替这样的事，

① 《江南》，见［宋］郭茂倩（编）：《乐府诗集》［M］，北京：中华书局，1979年版，第384页。

② ［汉］刘向：《说苑校证》［M］，向宗鲁校证，北京：中华书局，1987年第1版，第537页。

那不是经常发生的事，通常也不是个人说了算的。平常人家写信都没有什么大事，无非是报个平安、说下思念、请多保重之类家长里短、儿女情长、卿卿我我的话头。比如：有人收到了一封信，写的是：“上言加餐饭，下言长相忆。”① 就为了看这样的两句话，收信人就叫儿子把鱼烹了！

但就是这样拿命去送信，也没得到多少好评，有时还落下很多很不讲理的埋怨。比如：晏殊很爱迁怒于人，明明是他自己不知道地址，却埋怨说找不到送信的鱼和雁。他说：“鸿雁在云鱼在水，惆怅此情难寄。”② 他的儿子晏几道子承父性，也爱迁怒。他想寄信，最终不知为什么又没有寄，但他也埋怨说找不到送信的鱼和雁：“欲尽此情书尺素，浮雁沉鱼，终了无凭据。”③ 欧阳修也爱迁怒，没有人给他写信了，他就开始埋怨鱼：“渐行渐远渐无书，水阔鱼沉何处问。”④ 其实，这根本不关鱼的事情，好吗？

不知道是不是因为送信没有送好的缘故，反正人们普遍认为鱼傻。所以，人们自谦或自比的时候，尤其是不太得意时的自比，总把自己比成鱼。陶渊明就说自己：“羁鸟

---

① 《饮马长城窟行》，见［宋］郭茂倩（编）：《乐府诗集》［M］，北京：中华书局，1979年版，第556页。

② ［宋］晏殊：《清平乐·红笺小字》，见唐圭璋（编）：《全宋词》［M］，北京：中华书局，1965年第1版，第92页。

③ ［宋］晏几道：《蝶恋花·梦入江南烟水路》，见唐圭璋（编）：《全宋词》［M］，北京：中华书局，1965年第1版，第225页。

④ ［宋］欧阳修：《玉楼春·别后不知君远近》，见唐圭璋（编）：《全宋词》［M］，北京：中华书局，1965年第1版，第133页。

恋旧林，池鱼思故渊。”① 李白怀才不遇时，也说自己：“点额不成龙，归来伴凡鱼。”② 其实，当一个人没成功时，大家都默认他是鱼；有一天他成功了，人们就说他鱼跃了龙门，成了龙了。

参考文献

1. 傅璇琮、倪其心、孙钦善、陈新、许逸民（主编）：《全宋诗》［M］，北京：北京大学出版社，1995 年第 1 版。

2. ［宋］郭茂倩（编）：《乐府诗集》［M］，北京：中华书局，1979 年版。

3. ［清］李道平：《周易集解纂疏》［M］，潘雨廷点校，北京：中华书局，1994 年第 1 版。

4. ［汉］刘安等（编著）：《淮南子》［M］，［汉］高诱注，［清］莊逵吉校刊，上海：上海古籍出版社，1989 年第 1 版。

5. ［汉］刘向：《说苑校证》［M］，向宗鲁校证，北京：中华书局，1987 年第 1 版。

6. ［南朝宋］刘义庆（编撰）：《世说新语全译》［M］，柳士镇、刘开骅译注，贵阳：贵州人民出版社，1996 年第 1 版。

7. ［清］彭定求等（编纂）：《全唐诗》［M］，北京：中华书局，1980 年第 1 版。

---

① ［晋］陶洲明：《陶渊明集》［M］，逯钦立校注，北京：中华书局，1979 年第 1 版，第 40 页。

② ［唐］李白：《赠崔侍郎》，见［清］彭定求等（编纂）：《全唐诗》［M］，北京：中华书局，1980 年第 1 版，第 1736 页。

8.《十三经注疏》整理委员会（整理），李学勤（主编）：《孟子注疏》［M］，［汉］赵岐注，［宋］孙奭疏，廖明春、刘佑平整理，钱逊审定，北京：北京大学出版社，1999 年第 1 版。

9.《十三经注疏》整理委员会（整理），李学勤（主编）：《礼记正义》［M］，［汉］郑玄注，［唐］孔颖达疏，龚抗云整理，王文锦审定，北京：北京大学出版社，1999 年第 1 版。

10.［宋］释惠洪：《冷斋夜话》，见［清］永瑢、纪昀等（编）：《钦定四库全书・子部・冷斋夜话》［M］，1781 年版。

11. 唐圭璋（编）：《全宋词》［M］，北京：中华书局，1965 年第 1 版。

12.［晋］陶渊明：《陶渊明集》［M］，逯钦立校注，北京：中华书局，1979 年第 1 版。

钓 鱼

从古至今，钓鱼都是一项很有趣的活动。有很多人经常说要去钓鱼，但其实真正想去钓鱼的人并没有那么多，真正去钓了鱼的人就更是少之又少了。总的来说，唐朝是个分水岭。唐朝以前，人们说去钓鱼的话，一般真的是要去钓一下的；但从唐朝起，事情就发生了变化——说是要去钓鱼，很多人不过是说说而已，并没打算真去钓鱼的。

先说唐朝以前的人，他们是真去钓鱼了。但是，他们真正得到的，除了鱼之外，更重要的是别的东西。孔夫子去钓鱼了，他只是想钓上来几条，吃吃而已，并没有想要很多。所以，他去钓鱼，而不是拿渔网捕鱼。结果呢，他确实钓到了鱼，但大家全都认为，他得到的是仁德。《论语》里说，“子钓而不网”[1]，就是这个意思。

《列子》里说，海里有五座山，天帝让十五只鳌顶着山，以免山体随波飘移。有个巨人一下子钓上来六只鳌。他只是想把鳌骨烧一烧，占卜用，结果别人全都说，这是有定国安邦之志、经天纬地之才的人[2]。

吕望，也就是姜子牙，七十岁的时候也去钓鱼了。有人说，他实际钓上来一条鲋鱼和一条鲤鱼。鲤鱼肚子里有字，写着“吕望封于齐”[3]。而结果呢，大家都认为，他去钓鱼，得到的却是周文王。白居易就支持这个观点，他说：“昔有白头人，亦钓此渭阳。钓人不钓鱼，七十得文王。”[4]

《庄子》里说，任公子用五十头牛作饵，钓到了一条大鱼，制成鱼干，使从南到北、从东到西的人都饱餐了这鱼干。[5] 后来，天下人都说，任公子有鸿鹄之志和治国平天下之才。

严光，字子陵，汉光武帝刘秀的同学。光武帝即位后，严子陵就隐姓埋名，去富春山钓鱼去了。光武帝再三请他

---

① 《十三经注疏》整理委员会（整理），李学勤（主编）：《论语注疏》［M］，［魏］何晏注，［宋］邢昺疏，朱汉民整理，张岂之审定，北京：北京大学出版社，1999 年第 1 版，第 94 页。

② 王强模（译注）：《列子全译》［M］，贵阳：贵州人民出版社，1993 年第 1 版，第 125 页。

③ ［汉］刘向：《说苑校证》［M］，向宗鲁校证，北京：中华书局，1987 年第 1 版，第 537 页。

④ ［唐］白居易：《渭上偶钓》，见［清］彭定求等（编纂）：《全唐诗》［M］，北京：中华书局，1980 年第 1 版，第 4726 页。

⑤ ［战国］庄周：《庄子全译》［M］，张耿光译注，贵阳：贵州人民出版社，1991 年第 1 版，第 487 页。

去做官，他都不干。[①] 他是真的想以钓鱼为生了，没想着出名。结果，众人都认为他是淡泊名利的名士。

从唐朝起，事情就不那么简单了。比如李白，他也经常说要去钓鱼，但其实他并没有一次真正想去钓鱼的。他说："闲来垂钓碧溪上，忽复乘舟梦日边。"[②] 他只是想借助典故抒发一下内心的热望而已，心里真正想的，是像姜子牙和伊尹一样遇到明主。他又说："我君混区宇，垂拱众流安。今日任公子，沧浪罢钓竿。"[③] 他本打算像任公子那样一展鸿鹄之志，但当今天子圣明，垂拱而治，自己即使像任公子那样有才华，也不必去施展了。这肯定是不准备去钓了。他又说："未夸观涛作，空郁钓鳌心。"[④] 他空有像巨人海里钓鳌那样伟大的抱负，无从实现。这也是不打算钓了。所以，浪漫的人说的话，你真的要三思。

现实主义一派的杜甫就不同了。他和李白在钓鱼这件事上，是处于两个极端的。杜甫说去钓鱼，那是真的拿起钓竿就走的那种。他说："老妻画纸为棋局，稚子敲针作钓

---

① [宋] 范晔：《后汉书》[M]，[唐] 李贤等注，北京：中华书局，1999 年版，第 1866-1867 页。

② [唐] 李白：《行路难》，见 [清] 彭定求等（编纂）：《全唐诗》[M]，北京：中华书局，1980 年第 1 版，第 1684 页。

③ [唐] 李白：《金陵望汉江》，见 [清] 彭定求等（编纂）：《全唐诗》[M]，北京：中华书局，1980 年第 1 版，第 1839 页。

④ [唐] 李白：《赠薛校书》，见 [清] 彭定求等（编纂）：《全唐诗》[M]，北京：中华书局，1980 年第 1 版，第 1735 页。

钩。”① 看这情形，不去钓鱼可能吗？他的儿子第一个就不能答应！再说了，杜甫自己明显也很想去，想和儿子共享这难得的天伦之乐。

其余的人，就处于李白和杜甫之间的状态了。有人似乎真的去了，但心里是不是真想钓鱼不好说；有人干脆就很难判断他们到底有多想去钓鱼；也有人明显就没打算去。

先说那些大概率，真的去钓了鱼的人。

李白像（复制品）（河洛摄于国家博物馆）

陆游肯定去钓鱼了。他觉得自己年少热衷功名很傻，老了以后终于看明白了，也有了新的寄托。这就是：“少年妄意慕功名，老眼看来一发轻……要识放翁新得意，蓼花多处钓舟横。”② 看起来，似乎陆游暮年的真爱就是钓鱼了。其实，别信他这话。宋光宗绍熙三年，陆游六十七岁了，被罢官回乡已经三年。那年十一月四日夜里，风雨大作，

---

① ［唐］杜甫：《江村》，见［清］彭定求等（编纂）：《全唐诗》［M］，北京：中华书局，1980 年第 1 版，第 2433-2434 页。

② ［宋］陆游：《功名》，见［宋］陆游：《剑南诗稿校注》［M］，钱仲联校注，上海：上海古籍出版社，1985 年第 1 版，第 2536 页。

杜甫像（复制品）（河洛摄于国家博物馆）

陆游躺在乡村家里的床上，虽已年迈，但热血难凉，渴望效力沙场，为国戍边。因此写诗说：“僵卧孤村不自哀，尚思为国戍轮台。夜阑卧听风吹雨，铁马冰河入梦来。”① 再想想陆游的绝笔：“死去元知万事空，但悲不见九州同。王师北定中原日，家祭无忘告乃翁。”② 看看，死不瞑目的一件事啊！所以，陆游肯定不是真想钓鱼。他想金戈铁马、征战沙场来的，人家不让他戍边，他才钓鱼去了。

孟浩然大概率也真去钓鱼了。他说：“垂钓坐磐石，水清心亦闲。鱼行潭树下，猿挂岛藤间。”③ 他其实也不想钓鱼，本想施展平生所学，匡扶天下的。虽然文声卓著，奈何屡次三番机缘不合、仕途困顿，没有办法，只好去钓鱼

---

① ［宋］陆游：《十一月四日风雨大作》，见［宋］陆游：《剑南诗稿校注》［M］，钱仲联校注，上海：上海古籍出版社，1985 年第 1 版，第 1830 页。

② ［宋］陆游：《示儿》，见［宋］陆游：《剑南诗稿校注》［M］，钱仲联校注，上海：上海古籍出版社，1985 年第 1 版，第 4542 页。

③ ［唐］孟浩然：《万山潭作》，见［清］彭定求等（编纂）：《全唐诗》［M］，北京：中华书局，1980 年第 1 版，第 1625-1626 页。

了。钓鱼，对于孟浩然来说，似乎是一种使心情回复平和悠闲的途径。在这山清水秀之地、鱼行猿跃之间，他暂时忘记了人生的烦恼，将身心寄托于山水垂钓之事。

杜牧也去钓鱼了。但他也并不是真想去钓鱼，只是想借钓鱼之名疏散抑郁的心怀，顺便凭吊一下古人。他说："雨暗残灯棋散后，酒醒孤枕雁来初。可怜赤壁争雄渡，唯有蓑翁坐钓鱼。"①

有的人说要去钓鱼，但其实很难判断他们心里是不是真打算去、后来去了没有。比如韦庄，年轻时屡试不第，五十多岁时才考中进士入仕。所以，长期以来，他一边努力备考，一边心里应该是有终生不仕的准备的。他说："但见时光流似箭，岂知天道曲如弓。平生志业匡尧舜，又拟沧浪学钓翁。"② 这话就很平实了，简直是他的人生写照——岁月如流水，一去不回头。前途不可见，两鬓已如霜。在这种情况下，钓鱼至少是他的一个可能的、满意的选项。但后来韦庄考中进士入仕，肯定是要忙着匡扶尧舜了，还有没有时间钓鱼就不好说了。

元好问想没想钓、去没去钓，不好说。他出身于英雄豪杰辈出的幽并之地，但自觉老来一事无成，不能青史留名，即使将来像严子陵那样去钓鱼，心里也不好受。于是，

---

① [唐] 杜牧：《齐安郡晚秋》，见 [清] 彭定求等 (编纂)：《全唐诗》[M]，北京：中华书局，1980 年第 1 版，第 5965-5966 页。

② [唐] 韦庄：《关河道中》，见 [清] 彭定求等 (编纂)：《全唐诗》[M]，北京：中华书局，1980 年第 1 版，第 7998 页。

写词说："古来豪侠数幽并，鬓星星，竟何成！他日封侯，编简为谁青？一掬钓鱼坛上泪，风浩浩，雨冥冥。"① 那将来他到底要不要去钓鱼呢？不知道。唯一肯定的是，他其实并不真想去钓鱼，只想成就事业。没能成就事业是他最大的痛，钓鱼是他无可奈何的选项。

李贺和元好问有点类似，也是不太得志。尽管他深得韩愈、皇甫湜的赏识，但终生未仕。② 他说："舍南有竹堪书字，老去溪头作钓翁。"③ 可见当时他还没有钓，但打算好了将来去钓，情绪比元好问要稳定一点。李贺如果长寿，暮年大概率会去钓鱼。可惜他英年早逝，这个愿望大约没有实现。

辛弃疾也是在两可之间。豪放派和浪漫派在有些方面是相通的，你并不知道他说的是真是假。比如：辛弃疾壮志难酬，打算归隐，于是在上饶带湖之畔盖了一座叫"稼轩"的房子，说："要小舟行钓，先应种柳。疏篱护竹，莫碍观梅。"④ 似乎是真打算要去钓鱼了。但是，且慢，他还说过很多次要去种橘子的。"今老矣，搔白首，过扬州。

---

① ［金］元好问：《元好问全集》［M］，太原：山西人民出版社，1990 年第 1 版，下册，第 198 页。

② 唐圭璋（编）：《全宋词》［M］，北京：中华书局，1965 年第 1 版，第 4392 页。

③ ［唐］李贺：《南园十三首》，见［清］彭定求等（编纂）：《全唐诗》［M］，北京：中华书局，1980 年第 1 版，第 4401-4402 页。

④ ［宋］辛弃疾：《沁园春·带湖新居将成》，见唐圭璋（编）：《全宋词》［M］，北京：中华书局，1965 年第 1 版，第 1868 页。

倦游欲去江上，手种橘千头。”① 这就让人费解了，到底是要种橘子还是钓鱼，抑或既种橘子又钓鱼。

李清照压根就没打算钓鱼。李清照觉得，自己没有严子陵那样志趣高洁清雅，有点不好意思。所以，她不想白天路过严子陵钓鱼的地方，而是选择晚上天黑的时候匆匆行过。她说：“巨舰只缘因利往，扁舟亦是为名来。往来有愧先生德，特地通宵过钓台。”②

白居易的情况就有点复杂。他有时钓鱼，有时喂鱼，然后看见别人钓鱼心里就不好受，有时干脆把买回来的鱼也放生了。他曾在渭水河畔钓鱼，很大可能性是因为姜子牙也曾在此钓鱼，他想去怀古。姜子牙钓上来两条鱼、一个人（文王），但白居易啥也没钓上来，干脆回家喝酒去了。写诗说：“无机两不得，但弄秋水光。兴尽钓亦罢，归来饮我觞。”③

后来，不知是不是他笃信佛教的缘故，不再钓鱼，改喂鱼去了。喂鱼的时候，他看见别人钓鱼心里五味杂陈，有点不好受。他说：“绕池闲步看鱼游，正值儿童弄钓舟。

---

① ［宋］辛弃疾：《水调歌头·舟次扬洲和人韵》，见唐圭璋（编）：《全宋词》［M］，北京：中华书局，1965年第1版，第1873页。

② ［宋］李清照：《钓台》，见傅璇琮、倪其心、孙钦善、陈新、许逸民（主编）：《全宋诗》［M］，北京：北京大学出版社，1995年第1版，第18007页。

③ ［唐］白居易：《渭上偶钓》，见［清］彭定求等（编纂）：《全唐诗》［M］，北京：中华书局，1980年第1版，第4726页。

一种爱鱼心各异，我来施食尔垂钩。”[①] 话说白大人真是个非常心软的人。别说让他去钓鱼了，就是买来的鱼也不能让他看到。否则，他一定把那鱼放生，搞得全家都吃不上鱼。放完生了还对鱼说，我可不是施恩图报的人：“施恩即望报，吾非斯人徒。不须泥沙底，辛苦觅明珠。”[②] 白大人从此就与这两条鱼相忘于江湖了。

扯远了，还说钓鱼。所以，诸君，有人想去钓鱼吗？有人真的去钓鱼了吗？钓鱼之前想好了要钓什么了吗？钓上来什么了吗？其实，无论如何都好，只要我们自己别被别人钓走就好。别觉得可笑。齐桓公九合诸侯、一匡天下，何等英雄气概！就为了一点口腹之欲看不开，终于被易牙用美食钓住了心神，最终丢了性命。

参考文献

1. ［宋］范晔：《后汉书》［M］，［唐］李贤等注，北京：中华书局，1999年版。

2. 傅璇琮、倪其心、孙钦善、陈新、许逸民（主编）：《全宋诗》［M］，北京：北京大学出版社，1995年第1版。

3. ［汉］刘向：《说苑校证》［M］，向宗鲁校证，北京：中华书局，1987年第1版。

---

① ［唐］白居易：《观游鱼》，见［清］彭定求等（编纂）：《全唐诗》［M］，北京：中华书局，1980年第1版，第5095页。

② ［唐］白居易：《放鱼》，见［清］彭定求等（编纂）：《全唐诗》［M］，北京：中华书局，1980年第1版，第4670页。

4. ［宋］陆游：《剑南诗稿校注》［M］，钱仲联校注，上海：上海古籍出版社，1985年第1版。

5. ［清］彭定求等（编纂）：《全唐诗》［M］，北京：中华书局，1980年第1版。

6.《十三经注疏》整理委员会（整理），李学勤（主编）：《论语注疏》［M］，［魏］何晏注，［宋］邢昺疏，朱汉民整理，张岂之审定，北京：北京大学出版社，1999年第1版。

7. ［汉］司马迁：《史记》［M］，［宋］裴骃集解、［唐］司马贞索隐、［唐］张守节正义，北京：中华书局，1999年版。

8. 唐圭璋（编）：《全宋词》［M］，北京：中华书局，1965年第1版。

9. 王强模（译注）：《列子全译》［M］，贵阳：贵州人民出版社，1993年第1版。

10. ［金］元好问：《元好问全集》［M］，太原：山西人民出版社，1990年第1版。

11. ［战国］庄周：《庄子全译》［M］，张耿光译注，贵阳：贵州人民出版社，1991年第1版。

花 椒

说起花椒，能想起什么呢？是椒盐花生，还是火锅、炖肉、炖鱼汤锅里放的花椒袋？也无非如此罢了。但在古时，花椒的花样可真多了去了！无论皇室公卿，还是平民百姓，对花椒都有着深厚的情怀。且容我细细道来。

中国古人喜欢花椒，原因有三：第一，花椒芳香；第二，花椒多子；第三，花椒性辛温纯阳。出于这三方面的考量，古人把花椒的用途发挥到了极致，以至于很难说花椒的主要用途是什么了。因为那是一个不同的人有不同答案的问题。对于皇家公卿来说，最大宗、最尊贵的花椒用途在于和泥涂墙，取其温暖，除恶气。文人雅士们最迷恋的花椒用途在于，拿它当香料在香炉中焚烧。至于普通百姓，不能用花椒和泥涂墙，也少有焚香的雅兴。对他们来说，花椒最温暖、最隆重的用途大约在于每逢新年，全家用花椒酒向长辈祝寿。于是，椒酒就与新年一起，成为中国古人一年之中最重要的仪式之一。

就芳香而言，花椒常常与兰一起，成为气味美好、人人向往之事物的代称。古人对芳香的气味十分重视。早晨，晚辈给父母请安时，身上必须佩带香囊，以防止身上的秽气冲撞长辈。[①] 荀子将香料与五谷牲畜、雕刻刺绣、音乐、房屋家具并列，认为它们都可对人体的不同部位有所滋养："刍豢稻粱养口，椒兰芬苾养鼻，雕刻文章养目，钟鼓琴瑟养耳，疏房床笫养体。"[②] 荀子说，暴君的士兵怨恨暴君，而衷心欢迎来讨伐暴君的正义之师时，就说他们"亲我欢若父母，好我芬若椒兰"[③]。而《韩非子》说买椟还珠的故事时，那椟不仅要饰以珠玉、玫瑰石和翡翠，亦要薰以桂椒，[④] 才够格成为好椟。说起熏香，那是文人们的雅好，花椒乃是重要香料之一。

用花椒和泥涂墙不知起于何时，但战国时就有"播芳椒兮成堂"[⑤] 的说法。这里是把花椒和泥里呢，还是直接把花椒播撒在房间里，就不得而知了。大概率是前者。无论如何，到了汉朝，花椒和泥涂墙就很正式了。不过，不

① ［清］孙希旦：《礼记集解》［M］，沈啸寰、王星贤点校，北京：中华书局，1989 年第 1 版，第 731 页。

② ［战国］荀况：《荀子全译》［M］，蒋南华、罗书勤、杨寒清注译，贵阳：贵州人民出版社，1995 年第 1 版，第 393 页。

③ ［战国］荀况：《荀子全译》［M］，蒋南华、罗书勤、杨寒清注译，贵阳：贵州人民出版社，1995 年第 1 版，第 293 页。

④ ［战国］韩非：《韩非子全译》［M］，张觉译注，贵阳：贵州人民出版社，1992 年第 1 版，第 592 页。

⑤ ［战国楚］屈原：《九歌》，见［宋］洪兴祖：《楚辞补注》［M］，北京：中华书局，1983 年版，第 67 页。

唐代鎏金银香囊
（河洛摄于国家博物馆）

是一般人可以用的。《汉书》里提到“未央椒房”，颜师古注说：椒房，是皇后所居的宫殿，以椒和泥涂壁，取其温暖芳香。① 别羡慕，椒房和金屋一样，并不一定是什么好去处。汉代皇后被废的不在少数。汉献帝的皇后伏寿，就被曹操幽闭而死。不仅如此，连其所生的两个儿子亦被曹操酖杀，兄弟宗族死者百余人。废后诏书上写着：“皇后寿，得由卑贱，登显尊极，自处椒房……②”看，椒房是好去处吗？

不光是皇后，得宠的妃嫔亦称椒房。唐玄宗的杨贵妃盛时，杜甫做《丽人行》，描述杨氏兄妹春游，以及她的姐妹被封为虢国夫人和秦国夫人的事，就以椒房说杨贵妃：“就中云幕椒房亲，赐名大国虢与秦。③”后来安史之乱，杨贵妃被赐死，白居易做

① ［汉］班固：《汉书》［M］，［唐］颜师古注，北京：中华书局，1999年版，第2176-2177页。

② ［宋］范晔：《后汉书》［M］，［唐］李贤等注，北京：中华书局，1999年版，第301-302页。

③ ［唐］杜甫：《丽人行》，见［清］彭定求等（编纂）：《全唐诗》［M］，北京：中华书局，1980年第1版，第336页。

《长恨歌》，又拿椒房说事："梨园弟子白发新，椒房阿监青娥老。"①

花椒产地分布范围广泛，但似以四川出品为佳。《黄帝内经》《伤寒论》《金匮要略》的药方中如用到花椒，一般都注明是蜀椒或川椒。如今四川产的花椒，一两大约十元钱。可见用花椒和泥涂墙所费颇多，一般人家没那财力。想要斗富的人，便打起了这个主意。西晋武帝时期，石崇和武帝的舅舅王恺斗富。石崇以花椒和泥涂墙，王恺就用赤石脂涂墙。② 后石崇获罪早死，王恺谥号曰"丑"。③ 但富豪之家用椒泥涂墙的方法却流传下来了。唐末张孜写《雪诗》说："长安大雪天，鸟雀难相觅。其中豪贵家，捣椒泥四壁。"④

用椒泥涂墙的人家，非富即贵。他们的人生不是我们平常人家可以揣测的，正所谓"咱也不知道，咱也不敢问"。但是，平常人家并非与花椒无缘，也自有自己稳稳的幸福。他们可以用花椒做菜。白居易暮年之时，喜做佛事。唐武宗会昌二年二月，七十一岁的白居易在家斋戒一个月，到三月四日时，才散了道场。翌日，白居易夫人心疼丈夫

---

① [唐] 白居易：《长恨歌》，见 [清] 彭定求等（编纂）：《全唐诗》[M]，北京：中华书局，1980 年第 1 版，第 4816-4819 页。

② [南朝宋] 刘义庆（编撰）：《世说新语全译》[M]，柳士镇、刘开骅译注，贵阳：贵州人民出版社，1996 年第 1 版，第 745 页。

③ [唐] 房玄龄等：《晋书》[M]，北京：中华书局，1974 年第 1 版，第 2412 页。

④ [唐] 张孜：《雪诗》，见 [清] 彭定求等（编纂）：《全唐诗》[M]，北京：中华书局，1980 年第 1 版，第 7009 页。

食素一个月，给他蒸了鱼，还用花椒薤菜做菜佐酒。“佐以脯醢味，间之椒薤芳。”①

还可以用花椒泡酒，是谓椒酒。椒酒这一习俗由来已久。战国时就有用桂、椒浸泡美酒来祭奠的记载，即“奠桂酒兮椒浆②”。每逢新年，椒酒在家家户户更是有一场重头戏，即由晚辈向长辈敬献椒酒来祝寿：“拜贺君亲，进椒酒。”③ 这一风俗使花椒与新年联系起来，与阖家团圆联系起来，见证着中国人一年之中最温暖、最幸福的一刻，也鼓荡着中国人最深厚的情怀。

在这样的时刻，人的情感总是格外跌宕起伏。那些喝上椒酒的心满意足，没喝上椒酒就难免百感交集。陆游喝上椒酒了，做《己巳元日》，很形象地记载了暮年时的一个新年，家中晚辈向他敬椒酒的情形：“曾孙新长奉椒觞，儿女冠笄各缀行。身作太翁垂九十，醉来堪喜亦堪伤。”④ 陆游一生笔耕不辍，关于新年椒觞的记载也不少，且都是与家人儿女共同度过。尽管诗人自己多愁善感，亦喜亦伤，但其实身处的场景是合家欢愉、令人艳羡的。

状元黄公度没有喝上椒酒。他是福建莆田人，宋高宗

---

① ［唐］白居易：《二年三月五日斋毕开素当食偶吟赠妻弘农郡君》，见［清］彭定求等（编纂）：《全唐诗》［M］，北京：中华书局，1980年第1版，第5223页。

② ［战国楚］屈原：《九歌》，见［宋］洪兴祖：《楚辞补注》［M］，北京：中华书局，1983年版，第56页。

③ ［宋］李昉等：《太平御览》［M］，夏剑钦等校点，石家庄：河北教育出版社，1994年第1版，第1卷，第251页。

④ ［宋］陆游：《己巳元日》，见［宋］陆游：《剑南诗稿校注》［M］，钱仲联校注，上海：上海古籍出版社，1985年第1版，第4340页。

绍兴八年状元及第。① 有一年，他孤身一人在他乡过除夕，想到翌日没有椒酒喝，简直不知如何面对那感伤的一幕。于是，他独守孤灯，没事就写诗："明朝对佳节，无处觅椒觞。"②

黄公度和陆游家的椒酒貌似事先用花椒把酒泡好的，也有人家是把酒和花椒一起端上桌，饮者自己酌情现泡现喝。陆游的好朋友辛弃疾家就是这样。所以，辛弃疾在戊申年元日那天说："谁向椒盘簪彩胜。"③ 姜夔家的习惯也是这样。他是江西鄱阳人，也是宋高宗绍兴年间进士及第。④ 有一年除夕夜，他还在回家的船上，思念家人、儿女，难以入眠。眼看新年就要在船上度过了，没事就写诗："沙尾风回一棹寒，椒花今夕不登盘。百年草草都如此，自琢春词剪烛看。"⑤

古人没有电视、电脑、手机，却能在重阳饮菊花酒，新年饮椒酒，亦是一番生活雅趣。南宋诗人方岳感叹人生

---

① 傅璇琮、倪其心、孙钦善、陈新、许逸民（主编）：《全宋诗》[M]，北京：北京大学出版社，1995年第1版，第22461页。

② [宋] 黄公度：《除夜》，见傅璇琮、倪其心、孙钦善、陈新、许逸民（主编）：《全宋诗》[M]，北京：北京大学出版社，1995年第1版，第22487页。

③ [宋] 辛弃疾：《蝶恋花·戊申元日立春席间作》，见唐圭璋（编）：《全宋词》[M]，北京：中华书局，1965年第1版，第1903页。

④ 傅璇琮、倪其心、孙钦善、陈新、许逸民（主编）：《全宋诗》[M]，北京：北京大学出版社，1995年第1版，第32035页。

⑤ [宋] 姜夔：《除夜自石湖归苕溪》，见傅璇琮、倪其心、孙钦善、陈新、许逸民（主编）：《全宋诗》[M]，北京：北京大学出版社，1995年第1版，第32038页。

飞逝，曾做诗说："别离菊酒才秋晚，流落椒盘忽岁除。"①可见菊酒、椒酒、椒盘的习俗深系中国古人心底最柔软、又最固执的坚守，真是颇为令人神往。

参考文献

1. ［汉］班固：《汉书》［M］，［唐］颜师古注，北京：中华书局，1999年版。

2. ［宋］范晔：《后汉书》［M］，［唐］李贤等注，北京：中华书局，1999年版。

3. ［唐］房玄龄等：《晋书》［M］，北京：中华书局，1974年第1版。

4. 傅璇琮、倪其心、孙钦善、陈新、许逸民（主编）：《全宋诗》［M］，北京：北京大学出版社，1995年第1版。

5. ［战国］韩非：《韩非子全译》［M］，张觉译注，贵阳：贵州人民出版社，1992年第1版。

6. ［宋］洪兴祖：《楚辞补注》［M］，北京：中华书局，1983年版。

7. ［宋］李昉等：《太平御览》［M］，夏剑钦等校点，石家庄：河北教育出版社，1994年第1版。

8. ［南朝宋］刘义庆（编撰）：《世说新语全译》［M］，柳士镇、刘开骅译注，贵阳：贵州人民出版社，1996年第1版。

9. ［宋］陆游：《剑南诗稿校注》［M］，钱仲联校注，上海：上海古籍出版社，1985年第1版。

10. ［清］彭定求等（编纂）：《全唐诗》［M］，北京：中华书局，1980

---

① ［宋］方岳：《次韵郑省仓见寄》，见傅璇琮、倪其心、孙钦善、陈新、许逸民（主编）：《全宋诗》［M］，北京：北京大学出版社，1995年第1版，第38401页。

年第1版。

11. ［清］孙希旦：《礼记集解》［M］，沈啸寰、王星贤点校，北京：中华书局，1989年第1版。

12. 唐圭璋（编）：《全宋词》［M］，北京：中华书局，1965年第1版。

13. ［战国］荀况：《荀子全译》［M］，蒋南华、罗书勤、杨寒清注译，贵阳：贵州人民出版社，1995年第1版。

枣

枣，因为名字和“早”谐音，常被用于各种仪典之中。

比如：新婚的第二天一早，新娘要捧着枣、栗子拜见公婆，意思是要早自谨敬。① 古时诸侯派使者前往他国聘问，入境后，国君夫人会派下大夫送给使者一篮蒸熟的枣和一篮剥壳的栗子。②

枣，本身又是非常美味的食物。晚辈为长辈准备粥的时候，会用枣、栗、饴、蜜这些东西为粥增加甘甜的味

① 《十三经注疏》整理委员会（整理），李学勤（主编）：《仪礼注疏》［M］，［汉］郑玄注，［唐］贾公彦疏，彭林整理，王文锦审定，北京：北京大学出版社，1999年第1版，第86-87页。

② 《十三经注疏》整理委员会（整理），李学勤（主编）：《仪礼注疏》［M］，［汉］郑玄注，［唐］贾公彦疏，彭林整理，王文锦审定，北京：北京大学出版社，1999年第1版，第376页。

道。[1] 其实，枣不仅是美食，在药用上亦大有贡献。只要看看《伤寒杂病论》和《金匮要略》，多少个药方里都要用到枣就明白了。说到这儿，其实真不妨每天煮几个枣吃了。万一能益寿延年呢。

枣好吃，所以不能随便吃别人家的枣。那是一件很有风险的事情。西汉王吉，性情高洁，他家东邻有枣树。树枝垂到王吉庭院之中，王吉夫人就把树上的枣吃了。这可把为人清正无私、光明磊落的王吉气坏了，直接一纸休书就把夫人休了。东邻知道后，心里过意不去，要砍掉枣树这惹祸的妖精。左邻右舍都来劝说，王吉才同意接回夫人。[2] 似乎有点无情，但古人视名誉如珍宝，不得不重之慎之。王吉之节操若此；东邻之仁厚亦若此，完全不逊于王吉。这亦是这小故事的动人心处，既全了王吉的操守，亦无伤其夫妇间的情分。

吃别人家枣带来的风险，主要源于自家的丈夫。对杜甫家西边的寡妇邻居来说，这个风险就不存在了。于是，她常常肆无忌惮地打下杜甫家的枣来吃。杜甫也就视而不见，任她吃。后来，杜甫搬走了，把家留给了一位吴姓亲戚居住。他还特意写诗告诫这位亲戚，千万别耽误寡妇打

---

① 《十三经注疏》整理委员会（整理），李学勤（主编）：《礼记正义》[M]，[汉] 郑玄注，[唐] 孔颖达疏，龚抗云整理，王文锦审定，北京：北京大学出版社，1999年第1版，第832页。

② [汉] 班固：《汉书》[M]，[唐] 颜师古注，北京：中华书局，1999年版，第2298页。

枣："堂前扑枣任西邻，无食无儿一妇人。不为困穷宁有此？只缘恐惧转须亲。"①

物极必反。大约是枣太好了，人人都爱，以至于下毒的人也格外喜欢用枣。《西游记》里黄花观的道士为了给盘丝洞的七个蜘蛛精报仇，想要毒害唐僧师徒四人，就给每个人献了有三颗毒枣的茶。虽然这事没骗过孙行者的眼睛，但其余师徒三人皆中了毒。《世说新语》上说，魏文帝曹丕嫉恨弟弟曹彰骁勇善战，趁着和他一起下棋的机会，在枣蒂处下了毒，自己只挑那些无毒的枣吃，而曹彰不知情，有毒没毒的枣他都吃了，终于被曹丕所害。② 这事真假难辨，《三国志》对曹彰的记载是，魏文帝曹丕即位第四年，曹彰进京觐见，暴毙于府邸。③ 也是语焉不详，不免让人心生疑惑。但如果真是曹丕的设计，那就有点让人目瞪口呆了。

古人们的童年欢乐似乎也被枣承包了不少。杜甫五十岁那年，回忆他十五岁时的往事。时逢枣熟时节，他就爱爬到树上摘枣吃："忆年十五心尚孩，健如黄犊走复来。庭前八月梨枣熟，一日上树能千回。"④ 一天上树好多回，杜

---

① ［唐］杜甫：《又呈吴郎》，见［清］彭定求等（编纂）：《全唐诗》［M］，北京：中华书局，1980年第1版，第2544页。

② ［南朝宋］刘义庆（编撰）：《世说新语全译》［M］，柳士镇、刘开骅译注，贵阳：贵州人民出版社，1996年第1版，第764页。

③ ［晋］陈寿：《三国志》［M］，［宋］裴松之注，北京：中华书局，1999年第1版，第416页。

④ ［唐］杜甫：《百忧集行》，见［清］彭定求等（编纂）：《全唐诗》［M］，北京：中华书局，1980年第1版，第2308页。

甫！这诗读来非常令人震撼，一时有点无法接受，没法和心里那个忧国忧民的爱国主义现实派诗人联系起来！毕竟是现实主义诗人，说话直白得很。与杜甫相比，豪放派的陆游稍微含蓄一点。但大概率陆游小时候也经常爬枣树，因为他写诗说："啼呼梨枣忆儿时，驹隙频经日月驰。"① 为什么说听到梨枣就想起小时候呢？肯定是当时要爬树摘梨、摘枣嘛！可是，为什么那么喜欢爬树摘梨、摘枣呢？好玩是一方面；另一方面，大概也是饿了。所以，当冬去春来，梨枣吃完了，就有人要挨饿了。张籍的好朋友王建家里穷，曾写诗说："春来梨枣尽，啼哭小儿饥。"② 看着这诗，真是太让人心疼了。

与枣相比，枣花就太寂寞了，没有多少人想起枣花过。其实，就算有，枣花心说，还不如不想起。为啥呢，都是说枣花的美德来的。你是知道的，对漂亮女人，从来都没有人夸她知性、智慧、美德什么的。寇准的女婿王曙③说："枣花至小能成实，桑叶惟柔解吐丝。堪笑牡丹如斗大，不成一事只空枝。"④ 听听，说起来也是夸枣花的，但这样的夸法，枣花很伤心你知道吗？

---

① ［宋］陆游：《焚黄》，见［宋］陆游：《剑南诗稿校注》［M］，钱仲联校注，上海：上海古籍出版社，1985 年第 1 版，第 2257 页。

② ［唐］王建：《原上新居十三首》，见［清］彭定求等（编纂）：《全唐诗》［M］，北京：中华书局，1980 年第 1 版，第 3395 页。

③ 傅璇琮、倪其心、孙钦善、陈新、许逸民（主编）：《全宋诗》［M］，北京：北京大学出版社，1995 年第 1 版，第 1080 页。

④ ［宋］王曙：《诗一首》，见傅璇琮、倪其心、孙钦善、陈新、许逸民（主编）：《全宋诗》［M］，北京：北京大学出版社，1995 年第 1 版，第 1081 页。

白居易就更过分了，枣和枣花他都不喜欢。他说，杏花等花的旖旎容色像是西施；与之相比，枣花就像是嫫母。“人言百果中，唯枣凡且鄙……二月曲江头，杂英红旖旎。枣亦在其间，如嫫对西子。”① 白居易的目的何在呢？原来他喜欢枣木，认为枣木可担大任：“君若作大车，轮轴材须此。”② 虽说诗中白居易是以枣木自居自励，但又何必如此自谦呢？再说了，白大人，枣花不要面子的啊！

参考文献

1. [汉] 班固：《汉书》[M]，[唐] 颜师古注，北京：中华书局，1999年版。

2. [晋] 陈寿：《三国志》[M]，[宋] 裴松之注，北京：中华书局，1999年第1版。

3. 傅璇琮、倪其心、孙钦善、陈新、许逸民（主编）：《全宋诗》[M]，北京：北京大学出版社，1995年第1版。

4. [南朝宋] 刘义庆（编撰）：《世说新语全译》[M]，柳士镇、刘开骅译注，贵阳：贵州人民出版社，1996年第1版。

5. [宋] 陆游：《剑南诗稿校注》[M]，钱仲联校注，上海：上海古籍出版社，1985年第1版。

6. [清] 彭定求等（编纂）：《全唐诗》[M]，北京：中华书局，1980

---

① [唐] 白居易：《杏园中枣树》，见 [清] 彭定求等（编纂）：《全唐诗》[M]，北京：中华书局，1980年第1版，第4669页。

② [唐] 白居易：《杏园中枣树》，见 [清] 彭定求等（编纂）：《全唐诗》[M]，北京：中华书局，1980年第1版，第4669页。

年第 1 版。

7.《十三经注疏》整理委员会（整理），李学勤（主编）：《仪礼注疏》［M］，［汉］郑玄注，［唐］贾公彦疏，彭林整理，王文锦审定，北京：北京大学出版社，1999 年第 1 版。

8.《十三经注疏》整理委员会（整理），李学勤（主编）：《礼记正义》［M］，［汉］郑玄注，［唐］孔颖达疏，龚抗云整理，王文锦审定，北京：北京大学出版社，1999 年第 1 版。

栗 子

栗子，可能是人类最早的淀粉类食物来源之一。《庄子》说，古时兽多民少，为避野兽，人类在树上筑巢居住，白天拾橡子、栗子，晚上在树上巢里休息，所以称为有巢氏。① 在中国，栗子是一种非常特殊的食物。它是多种矛盾的集合体：既是尊贵的，又是贫寒的；既是美味到令人销魂的，又是粗糙到令人厌弃的。

它的尊贵，来源于古人对它品性的观察和致敬，也源于中国古人根深蒂固的天人合一的哲学理念。栗子，在它本身坚硬的外壳外，还有一层毛茸茸的外壳，且往往是三个栗子紧密地挤在一个毛外壳里面。秋天栗子成熟时，毛茸茸的外壳开裂，就可以看到里面的栗子了。汉代大儒郑

---

① ［清］郭庆藩：《庄子集释》［M］，王孝鱼点校，北京：中华书局，1961 年第 1 版，第 994–995 页。

玄说，在古代，“栗”和“裂”音相同。[1] 大约这也是栗子名字的来源。

好了，现在栗子有两个外观品性受人重视了：一是外壳坚硬，二是外壳裂开才算成熟。再加上“栗”又和“战”一起组成“战栗”，这就又有了谨敬的意思。这三个特性合在一起，被古人赋予了君子品性模范的意义，成为古人修身养性的目标和榜样。至于谁人更重视栗子的哪个特性，那似乎是一件没有达成共识但也没有引起太大争议的事。

比如：孔子的弟子宰我说，周代祭祀时社主应当使用栗木，意在使民战栗。[2] 汉代马融的理解和宰我差不多，认为栗代表敬谨战栗。[3] 东汉张衡，就是发明浑天仪、地动仪的那位，曾做《同声歌》说：“邂逅承际会，得充君后房。情好新交接，恐栗若探汤。”[4] 也是说，妇人自觉有幸侍奉君子，亦会敬谨战栗的意思。汉人郑玄根据上下文，有时认为裂即析。因此，他认为栗有明辨分析的意思；有

---

① ［清］孙星衍：《尚书今古文注疏》［M］，北京：中华书局，1986 年第 1 版，第 69 页。

② 《十三经注疏》整理委员会（整理），李学勤（主编）：《论语注疏》［M］，［魏］何晏注，［宋］邢昺疏，朱汉民整理，张岂之审定，北京：北京大学出版社，1999 年第 1 版，第 41 页。

③ ［清］孙星衍：《尚书今古文注疏》［M］，北京：中华书局，1986 年第 1 版，第 69–70 页。

④ ［陈］徐陵（编）：《玉台新咏笺注》［M］，［清］吴兆宜注，［清］程琰删补，穆克宏点校，北京：中华书局，1985 年第 1 版，第 28 页。

时又认为，栗是喻指刚毅坚定。[①] 不管古人怎么理解，都是他们试图从自然中体悟人生、体悟伦理的结果。

因此，栗子也成了一种标志性的物品，各种礼仪和祭祀中，都少不了它。比如：新娘第一次拜见公婆，要手执枣、栗；[②] 国君夫人对于外国入境的使者，也会委托下大夫赠以枣和栗；[③] 在宗庙祭祀和葬礼中，亦要有枣和栗。

栗子虽然有此尊贵的身份，但作为食物，尽管它烤熟后香气四溢，毕竟是一种粗食，偶一为之可以，终不能多食。所以，古人又以“橡栗藜藿”作为粗糙饮食的代表。其中，橡栗是橡子和栗子，合指粗劣的主食；藜指一种野菜，藿指豆叶，藜藿合指粗劣的菜式。橡栗生于秋冬，所以，古人形容人之贫寒，亦有“夏食菱芡，冬食橡栗”的说法。

栗是粗食，这或者是栗之不幸。但栗又使人们在荒年免于饥饿，终究又是民之大幸。所以，栗子在古人心中是哪种等级的饭呢？欧阳修曾说：“宾朋足枣栗，儿女饱糟

---

① ［清］孙星衍：《尚书今古文注疏》［M］，北京：中华书局，1986年第1版，第69-70页。

② 《十三经注疏》整理委员会（整理），李学勤（主编）：《仪礼注疏》［M］，［汉］郑玄注，［唐］贾公彦疏，彭林整理，王文锦审定，北京：北京大学出版社，1999年第1版，第86-87页。

③ 《十三经注疏》整理委员会（整理），李学勤（主编）：《仪礼注疏》［M］，［汉］郑玄注，［唐］贾公彦疏，彭林整理，王文锦审定，北京：北京大学出版社，1999年第1版，第376页。

糠。”① 可见，栗子比酒糟、米糠好一点。

但栗子当然又比不上小米这种真正的粮食。陆游年老致仕归乡后，家境贫困，有时竟会达到断薪断炊的地步。这时，小米只能煮粥喝，不舍得拿来煮饭吃。他自己感到十分悲伤，因为他是心怀天下、有经国济民之志的人，可眼下这么穷，无力接济百姓啊！于是，他写诗说：“米贵仅供糜粥用，自伤无力济元元。”② 小米粥不怎么顶饿，陆游可是每天晚上读书到十一点的人。秋夜渐长，便以山药疗饥；③ 冬夜漫漫，便以炒栗为食④。可见，他吃栗子，主要原因在于小米不太够吃。

杜甫去探望他家南边的邻居，看到邻居家里种着芋头和栗子，就觉得邻居还没穷到四壁如洗的地步，即“园收芋栗不全贫”⑤。有一年秋天到了，梅尧臣的好朋友达观禅师要连夜赶回隐静寺，因为要趁着栗子刚熟把它们摘下来，

---

① [宋] 欧阳修：《镇阳读书》，见傅璇琮、倪其心、孙钦善、陈新、许逸民（主编）：《全宋诗》[M]，北京：北京大学出版社，1995 年第 1 版，第 3599-3600 页。

② [宋] 陆游：《夜寒》，见 [宋] 陆游：《剑南诗稿校注》[M]，钱仲联校注，上海：上海古籍出版社，1985 年第 1 版，第 724 页。

③ [宋] 陆游：《秋夜读书每以二鼓尽为节》，见傅璇琮、倪其心、孙钦善、陈新、许逸民（主编）：《全宋诗》[M]，北京：北京大学出版社，1995 年第 1 版，第 24263 页。

④ [宋] 陆游：《夜食炒栗有感》，见傅璇琮、倪其心、孙钦善、陈新、许逸民（主编）：《全宋诗》[M]，北京：北京大学出版社，1995 年第 1 版，第 24369 页。

⑤ [唐] 杜甫：《南邻》，见 [清] 彭定求等（编纂）：《全唐诗》[M]，北京：中华书局，1980 年第 1 版，第 2435 页。

等冬天断粮时食用，即“栗林霜下熟，归摘御穷冬”①。

李白这人浪漫，他的话不能太当真。比如：以栗子当饭这种比较不美的事，他也能写得引人入胜。他说，有一天夜里，他宿在黄山，听到有人吟唱吴地的歌曲。早晨发现那果然是位隐逸之士，名叫殷十四。于是，买酒弄菜、以栗子当饭，两人喝至半酣。这时，殷十四的吟唱更加如江海涛声，让李白完全忘却了忧愁。“朝来果是沧州逸，酤酒提盘饭霜栗。半酣更发江海声，客愁顿向杯中失。”②

如今说起栗子，无非是秋季街头飘的满大街糖炒栗子的香气了。此时，必得买来尝鲜，哪怕是要排老长老长的队！却又不能多吃，得防着胃里反酸。每当这时，就切身体会到躬逢盛世，再不需要“夏食菱芡，冬食橡栗”了，真是天大的福分！

参考文献

1. ［清］陈士珂（辑）：《孔子家语疏证》［M］，上海：上海书店，1987年第1版。

2. 傅璇琮、倪其心、孙钦善、陈新、许逸民（主编）：《全宋诗》［M］，北京：北京大学出版社，1995年第1版。

---

① ［宋］梅尧臣：《送达观禅师归隐静寺古律二首其一》，见傅璇琮、倪其心、孙钦善、陈新、许逸民（主编）：《全宋诗》［M］，北京：北京大学出版社，1995年第1版，第2989页。

② ［唐］李白：《夜泊黄山闻殷十四吴吟》，见［清］彭定求等（编纂）：《全唐诗》［M］，北京：中华书局，1980年第1版，第1845页。

3. ［清］郭庆藩：《庄子集释》［M］，王孝鱼点校，北京：中华书局，1961年第1版。

4. ［宋］陆游：《剑南诗稿校注》［M］，钱仲联校注，上海：上海古籍出版社，1985年第1版。

5. ［清］彭定求等（编纂）：《全唐诗》［M］，北京：中华书局，1980年第1版。

6. 《十三经注疏》整理委员会（整理），李学勤（主编）：《论语注疏》［M］，［魏］何晏注，［宋］邢昺疏，朱汉民整理，张岂之审定，北京：北京大学出版社，1999年第1版。

7. ［清］孙星衍：《尚书今古文注疏》［M］，北京：中华书局，1986年第1版。

8. ［陈］徐陵（编）：《玉台新咏笺注》［M］，［清］吴兆宜注，［清］程琰删补，穆克宏点校，北京：中华书局，1985年第1版。

菱 角

菱角又名“芰”。和栗子一样，菱角也是粗粮，贫寒之家断了粮，可靠菱角活命。只不过栗子成熟在深秋，而菱角成熟在盛夏而已。和栗子相比，菱角有点其貌不扬。所以，它在中国正统文化中一直没有什么地位。

其实，菱角并非没有遇到过知音。楚国职位最高的大臣屈到就很爱吃菱角，可这事不仅没有给菱角带来荣耀，反而使菱角更加遭到唾弃。原因是屈到临死时，命人将以菱角祭祀他。但他儿子却不许这样，说按《祭典》规定，国君用牛祭祀，大夫用羊祭祀，自己的父亲承楚国之政，不能“以其私欲干国之典”！所以，屈到死后，一直没有得到爱吃的菱角。① 这何止让屈到死不瞑目，更加让菱角

① 黄永堂（译注）：《国语全译》[M]，贵阳：贵州人民出版社，1995年第1版，第605页。

情何以堪！只怪孔子生得晚！若孔子早生，早说孝道就是无违，不仅屈到能得偿所愿，菱角也能扬眉吐气了。

但是，事儿还没完。屈到爱吃菱角这事，给菱角带来的更大的羞辱还在后面。韩非子把这事和周文王爱吃腌菖蒲的事放到一起，说菱角和腌菖蒲“非正味也”①。此后，“周菹楚芰”也就成了一个典故，意指不值得的东西。自此，菱角就更加蒙尘了。菱角对此很不满，这都什么事儿！原来，颜值自古以来就是正义！

菱角唯一可以值得称耀的，就是文人志士们有时以“夏吃菱藕”或“夏吃菱芡”表明其清高的志向。《吕氏春秋》里记载，春秋时莒国国君敖公有臣柱厉叔，不受敖公赏识，于是离开敖公，冬食橡栗，夏食菱芡。谁知敖公死时，柱厉叔竟去殉难！② 大约只有这样能忍受清苦生活的人，才真正是“事父母，能竭其力；事君，能致其身”③ 的人。孔夫子从来不和耻于恶衣恶食的人论道，也是大有深意呢！④

不过，菱角也并不是完全输给了栗子。因为菱歌深受文人们的青睐，而菱花深受女人们的钟爱。

---

① ［战国］韩非：《韩非子全译》［M］，张觉译注，贵阳：贵州人民出版社，1992年第1版，第886页。

② ［战国］吕不韦门客（编撰）：《吕氏春秋全译》［M］，关贤柱、廖进碧、钟雪丽译注，贵阳：贵州人民出版社，1997年第1版，第746页。

③ 《十三经注疏》整理委员会（整理），李学勤（主编）：《论语注疏》［M］，［魏］何晏注，［宋］邢昺疏，朱汉民整理，张岂之审定，北京：北京大学出版社，1999年第1版，第8页。

④ 《十三经注疏》整理委员会（整理），李学勤（主编）：《论语注疏》［M］，［魏］何晏注，［宋］邢昺疏，朱汉民整理，张岂之审定，北京：北京大学出版社，1999年第1版，第50页。

战国时期的楚国歌曲中，《采菱》和《阳阿》是一个等级，属于中等的曲子，上有《阳春》《白雪》，下有《下里》《巴人》。① 要是细论起来，《采菱》似乎比《阳阿》要更胜一筹。南朝陈国的顾野王，我国第一部按部首编排的字典《玉篇》的编撰者。他曾做《艳歌行》说："采菱妙曲胜阳阿。"② 此后，历代文人多有做《采菱曲》的。到了南北朝时，梁简文帝又做《采菱曲》。③ 自此，《采菱曲》便不仅存在于文人雅士的唱和之间，也进入皇宫殿堂了。菱歌到底有多好听呢？唐代诗人张籍，特别受韩愈器重的，曾写诗说："齐纨未是人间贵，一曲菱歌敌万金。"④

司马相如在《子虚赋》里描述云梦泽时，说水面上盛开荷花、菱花："外发芙蓉菱华。⑤" 这大约是菱花第一次出现在中国文化正统之中。但此后，中国正统文化提到菱花之时，其实大多并非指的菱花本花，而是指镜子！这是因为有些铜镜的背面做成了菱花的样子。因此，菱花就成了镜子的美称了。对此，菱花本花不知作何感想。不过，这一切都由不得菱花本花了，当然也由不得镜子了。刘禹锡病了，在家

---

① 习凿齿：《襄阳耆旧传校注》［M］，舒焚、张林川校注，武汉：荆楚书社，1986年第1版，第16页。

② ［南朝陈］顾野王：《艳歌行》，见［宋］郭茂倩（编）：《乐府诗集》［M］，北京：中华书局，1979年版，第582页。

③ ［南朝梁］简文帝：《采菱曲》，见［宋］郭茂倩（编）：《乐府诗集》［M］，北京：中华书局，1979年版，第740页。

④ ［唐］张籍：《酬朱庆馀》，见［清］彭定求等（编纂）：《全唐诗》［M］，北京：中华书局，1980年第1版，第4362页。

⑤ ［汉］司马相如：《子虚赋》，见［梁］萧统（编）：《文选》［M］，［唐］李善注，上海：上海古籍出版社，1986年第1版，第351页。

养着，闲来照镜，竟然发现两鬓有白发新生，赶紧用蓍草来占卜，发现命运依然那样亨通顺利。于是，写诗说：“菱花照后容虽改，蓍草占来命已通。”① 这话听来洒脱，但其实他很生气、很介意。病好以后，他就把镜子拿去换酒喝了。写诗说：“把取菱花百炼镜，换他竹叶十旬杯。”②

唐代菱花铜镜（河洛摄于商丘市博物馆）

隋文帝消灭了陈国，南陈后主陈叔宝之妹乐昌公主被掳去隋国国都长安。于是，她将一面铜镜打破成两半，与丈夫一人一半，约定长安再会。后乐昌公主被赐给隋国丞相杨素作妾，她丈夫历尽千辛万苦也到了长安。杨素心生恻隐，终于使他夫妻二人破镜重圆。③ 这本是一段佳话。不过，文天祥这人眼里不揉沙子。南宋将亡，他蔑视那些变节之人，于是做《满江红》，自比为张惜守节的宠姬关盼盼，而以乐昌公主比喻那些变节降元的人，嘲笑他

① ［唐］刘禹锡：《和苏十郎中谢病闲居时严常侍萧给事同过访叹初有二毛之作》，见［清］彭定求等（编纂）：《全唐诗》［M］，北京：中华书局，1980 年第 1 版，第 4054 页。

② ［唐］刘禹锡：《和乐天以镜换酒》，见［清］彭定求等（编纂）：《全唐诗》［M］，北京：中华书局，1980 年第 1 版，第 4062 页。

③ ［唐］韦述、杜宝：《两京新记辑校·大业杂记辑校》［M］，辛德勇辑校，魏全瑞主编，西安：三秦出版社，2006 年第 1 版，第 23-72 页。

们说：“笑乐昌，一段好风流，菱花缺。”①

参考文献

1. ［宋］郭茂倩（编）：《乐府诗集》［M］，北京：中华书局，1979年版。

2. ［战国］韩非：《韩非子全译》［M］，张觉译注，贵阳：贵州人民出版社，1992年第1版。

3. 黄永堂（译注）：《国语全译》［M］，贵阳：贵州人民出版社，1995年第1版。

4. ［战国］吕不韦门客（编撰）：《吕氏春秋全译》［M］，关贤柱、廖进碧、钟雪丽译注，贵阳：贵州人民出版社，1997年第1版。

5. ［清］彭定求等（编纂）：《全唐诗》［M］，北京：中华书局，1980年第1版。

6. 《十三经注疏》整理委员会（整理），李学勤（主编）：《论语注疏》［M］，［魏］何晏注，［宋］邢昺疏，朱汉民整理，张岂之审定，北京：北京大学出版社，1999年第1版。

7. 唐圭璋（编）：《全宋词》［M］，北京：中华书局，1965年第1版。

8. ［唐］韦述、杜宝：《两京新记辑校·大业杂记辑校》［M］，辛德勇辑校，魏全瑞主编，西安：三秦出版社，2006年第1版。

9. 习凿齿：《襄阳耆旧传校注》［M］，舒焚、张林川校注，武汉：荆楚书社，1986年第1版。

10. ［梁］萧统（编）：《文选》［M］，［唐］李善注，上海：上海古籍出版社，1986年第1版。

---

① ［宋］文天祥：《满江红·和王夫人满江红韵以庶几後山妾薄命之意》，见唐圭璋（编）：《全宋词》［M］，北京：中华书局，1965年第1版，第3305页。

荔 枝

荔枝的珍贵程度与别的水果不同，就在于两点。一是产地离中原太远。欧阳修说："绛纱囊里水晶丸，可惜天教生处远，不近长安。"① 就是这个意思。二是它成熟于盛夏时节，保鲜期太短。就今天，几乎一年四季都可以吃到各种水果了。唯独荔枝，每年就那么短短一个多月的时间可以吃到，简直让人抓狂！白居易对此也颇有不满，因为他很想寄给帝都的朋友们，却不行。最后，只得给万州的一个朋友寄去了，还生气地写诗批判说："已教生暑月，又使阻遐方。"② 万州这位姓杨的朋友收到荔枝后，馋得不行了，打算留下种子在万州种植荔枝。这事可把白居易愁死

---

① [宋] 欧阳修：《浪淘沙·五岭麦秋残》，见唐圭璋（编）：《全宋词》[M]，北京：中华书局，1965年第1版，第141页。

② [唐] 白居易：《题郡中荔枝诗十八韵兼寄万州杨八使君》，见 [清] 彭定求等（编纂）：《全唐诗》[M]，北京：中华书局，1980年第1版，第4919页。

当代端石荔枝摆件（河洛摄于广东省博物馆）

了。因为荔枝种子种下去，要十年以上才会结果。于是，只得又给他寄点荔枝，说：“闻道万州方欲种，愁君得吃是何年。”①

荔枝有多稀罕呢？汉高祖时，荔枝就是珍贵贡品。南越王赵佗曾向汉高祖进献了鲨鱼、荔枝。② 但到了汉和帝时期，有人上书说南海进献龙眼、荔枝时路途太远，以致“奔腾险阻，死者相继”。为此，和帝便停止了荔枝的进贡。③ 所以，在古代，即使贵为皇帝，荔枝也不是可以随便吃到的。

但是，荔枝味道太美了，导致进贡荔枝这事总不能彻底根除，总是进了又禁，禁了又进，反反复复而已。进献荔枝，不是因杨贵妃开的先例，亦未因她的死而终结。在

① ［唐］白居易：《重寄荔枝与杨使君时闻杨使君欲种植故有落句之戏》，见［清］彭定求等（编纂）：《全唐诗》［M］，北京：中华书局，1980年第1版，第4919页。

② ［晋］葛洪（辑）：《西京杂记全译》［M］，成林、程章灿译注，贵阳：贵州人民出版社，1993年第1版，第105页。

③ ［宋］范晔：《后汉书》［M］，［唐］李贤等注，北京：中华书局，1999年版，第131-132页。

这件事上，她是有些冤枉的。这都是因为杜牧的那句：“一骑红尘妃子笑，无人知是荔枝来。[1]”杜甫曾经想为她说句公道话：“先帝贵妃今寂寞，荔枝还复入长安。”[2] 朱熹的老师刘子翚[3]也曾含蓄地替杨贵妃喊过冤。他说，在唐宪宗的元和年间和唐文宗的太和年间，荔枝的进贡比唐玄宗时期还要多：“我闻二和全盛时，贡输不减开元日。[4]”但没人关心他俩这话。可见，人真是很容易受到负面情绪的鼓动的。对于那种描述客观事实的话，反而总是有意无意地被忽视了。这就是人性，也是一件应当引起重视的事。

许多人都说过爱吃荔枝，有些话甚至传颂千古。苏轼说：“日啖荔枝三百颗，不辞长作岭南人。[5]”但是，要说把荔枝在前空调时代的好处说到让人感同身受的，还得是曾丰。他说：“披衣汗流衣，握简汗流简。似登头痛山，而坐身热坂。谁其善解纷，荔枝杂龙眼……疑吞玄冰丸，复咽飞雪散。”[6]

---

① ［唐］杜牧：《过华清宫绝句三首》，见［清］彭定求等（编纂）：《全唐诗》［M］，北京：中华书局，1980 年第 1 版，第 5954 页。

② ［唐］杜甫：《解闷十二首》，见［清］彭定求等（编纂）：《全唐诗》［M］，北京：中华书局，1980 年第 1 版，第 2518 页。

③ 傅璇琮、倪其心、孙钦善、陈新、许逸民（主编）：《全宋诗》［M］，北京：北京大学出版社，1995 年第 1 版，第 21340 页。

④ ［宋］刘子翚：《荔子歌》，见傅璇琮、倪其心、孙钦善、陈新、许逸民（主编）：《全宋诗》［M］，北京：北京大学出版社，1995 年第 1 版，第 21358 页。

⑤ ［宋］苏轼：《食荔枝》，见傅璇琮、倪其心、孙钦善、陈新、许逸民（主编）：《全宋诗》［M］，北京：北京大学出版社，1995 年第 1 版，第 9530 页。

⑥ ［宋］曾丰：《五羊食荔枝龙眼》，见傅璇琮、倪其心、孙钦善、陈新、许逸民（主编）：《全宋诗》［M］，北京：北京大学出版社，1995 年第 1 版，第 30188 页。

其实，苏轼对荔枝的爱，并不能算是多真挚。他对荔枝只不过是露水情缘而已，见到了就说爱，见不到就算，不会为了荔枝而一诺千金、风雨兼程。他说："故人送我东来时，手栽荔子待我归。荔子已丹吾发白，犹作江南未归客。①"听听这话，何等薄情！从栽下荔枝枝到荔枝红遍，至少得十年的光阴，但他却一次未归，辜负荔枝多矣！在这一点上，苏轼就很不如福建人黄公度，爱荔枝爱得真切，爱得迫不及待。他着急回家吃荔枝，嫌马走得慢，拿马鞭拼命抽马："羸骖莫怪归鞭急，心在轻红荔子梢。②"

要说谁爱荔枝爱得最痴情、最忘我，无论荔枝最终归了谁，只要荔枝好他就好，这人一定是白居易。他写了一首《种荔枝》，说："红颗珍珠诚可爱，白须太守亦何痴。十年结子知谁在，自向庭中种荔枝。③"白居易不仅痴情，而且还是给了荔枝名分的一个人。他拿果中荔枝与花魁牡丹相比，这就给了荔枝果魁的名分。他说："有如草木分，天各与其一。荔枝非名花，牡丹无甘实。④"这话算是公道的，白居易人也是厚道的。

给了荔枝名分的，除了白居易，还有一位。那就是朱

---

① ［宋］苏轼：《寄蔡子华》，见傅璇琮、倪其心、孙钦善、陈新、许逸民（主编）：《全宋诗》［M］，北京：北京大学出版社，1995 年第 1 版，第 9421 页。

② ［宋］黄公度：《题白沙铺》，见傅璇琮、倪其心、孙钦善、陈新、许逸民（主编）：《全宋诗》［M］，北京：北京大学出版社，1995 年第 1 版，第 22488 页。

③ ［唐］白居易：《种荔枝》，见［清］彭定求等（编纂）：《全唐诗》［M］，北京：中华书局，1980 年第 1 版，第 4920 页。

④ ［唐］白居易：《种荔枝》，见［清］彭定求等（编纂）：《全唐诗》［M］，北京：中华书局，1980 年第 1 版，第 4688 页。

熹的老师刘子翚了。他做《荔子歌》说："绛囊剖雪出琱盘，寻常百果无颜色。[①]"这也算是盛赞了，但总令人联想起白居易的"回眸一笑百媚生，六宫粉黛无颜色"[②]来。因此，总感觉刘子翚给荔枝的名分是贵妃，不如白居易给的名分高。即便是贵妃吧，好歹也是有名分了。但感情的事不好说，苏轼大人那种浪子或许偏偏招人爱，一句甜言蜜语竟夺了芳心，摄了魂魄，刻骨铭心，让荔枝终于把白居易和刘子翚都抛诸脑后了！千百年来，荔枝如果想要宣传自己，都只说苏轼的这首诗。至于白大人和刘大人嘛，荔枝说："他们是好人，但不适合我……"

但要说谁对荔枝的感情最深挚、最崇高，似是应推南宋人刘克庄。他也是福建人。说他的爱深挚，是因为他曾因荔枝而伤了左眼的视力。但是，他对荔枝依然无怨无悔，深爱终生。他写诗说自己的左眼："已盲犹赤痛，久不出鸡窠。丹荔曾遗毒，青灯亦一魔。[③]"荔枝是如何伤害到他的眼睛呢？我特意查了查。据说摘荔枝时，树上落下的杂物会进到眼睛里。荔枝树上昆虫的尿液也对眼有腐蚀性，反弹的树枝也会挫伤眼。不管具体原因如何吧，刘克庄左眼的伤情很严重是真的。因为他在任福建建宁知府两年后，

---

① ［宋］刘子翚：《荔子歌》，见傅璇琮、倪其心、孙钦善、陈新、许逸民（主编）：《全宋诗》［M］，北京：北京大学出版社，1995年第1版，第21358页。

② ［唐］白居易：《长恨歌》，见［清］彭定求等（编纂）：《全唐诗》［M］，北京：中华书局，1980年第1版，第4818页。

③ ［宋］刘克庄：《左目》，见傅璇琮、倪其心、孙钦善、陈新、许逸民（主编）：《全宋诗》［M］，北京：北京大学出版社，1995年第1版，第36607页。

就因左眼的问题而离职了。那年他七十七岁。[1] 但是，他对荔枝的爱依然深沉而勇敢。八十岁时，只要荔枝一熟，他依然要去摘荔枝吃。他说："活八十年头雪白，啖三百颗面桃红。村南村北无人识，向荔枝边觅此翁。[2]"可见，苏轼不仅影响了荔枝，也影响了刘克庄。刘克庄不仅在诗中反复引用这句话，还身体力行。一直到八十多岁了，仍然以这话为行动准则。但毕竟苏轼在先他在后，苏轼依然独领了风骚。

说刘克庄的爱崇高，是因南宋后期面临金人、蒙古的入侵，国势江河日下，有亡国之忧。刘克庄有意效仿伯夷、叔齐不食周粟，在首阳山上采薇为生的往事，打算要是南宋灭亡，他也不吃粟了，要以荔枝为生。于是，他写诗说："策杖凌晨出，携筐薄暮归。未知故山荔，何似首阳薇。[3]"这个就太令人感动了。因为已经脱离了小我和私爱，而欲成就操守和大义。不过，荔枝是不可以空腹吃的。就这点来说，它对绝食的人并不如薇那样友好。

也有不喜欢荔枝的，那就是魏文帝曹丕。他说南方的

---

① 傅璇琮、倪其心、孙钦善、陈新、许逸民（主编）：《全宋诗》[M]，北京：北京大学出版社，1995 年第 1 版，第 36133 页。

② [宋] 刘克庄：《食早荔七首其一》，见傅璇琮、倪其心、孙钦善、陈新、许逸民（主编）：《全宋诗》[M]，北京：北京大学出版社，1995 年第 1 版，第 36601 页。

③ [宋] 刘克庄：《采荔子十绝》，见傅璇琮、倪其心、孙钦善、陈新、许逸民（主编）：《全宋诗》[M]，北京：北京大学出版社，1995 年第 1 版，第 36455 页。

龙眼、荔枝，哪里比得上葡萄和蔗糖呢？[①] 不过，这话也别全信。政治家嘛，说话不一定是真心的。他很大可能是从国家利益的角度考量，才说的这番话。

参考文献

1. ［宋］范晔：《后汉书》［M］，［唐］李贤等注，北京：中华书局，1999 年版。

2. 傅璇琮、倪其心、孙钦善、陈新、许逸民（主编）：《全宋诗》［M］，北京：北京大学出版社，1995 年第 1 版。

3. ［晋］葛洪（辑）：《西京杂记全译》［M］，成林、程章灿译注，贵阳：贵州人民出版社，1993 年第 1 版。

4. ［宋］李昉等：《太平御览》［M］，夏剑钦等校点，石家庄：河北教育出版社，1994 年第 1 版。

5. ［清］彭定求等（编纂）：《全唐诗》［M］，北京：中华书局，1980 年第 1 版。

6. 唐圭璋（编）：《全宋词》［M］，北京：中华书局，1965 年第 1 版。

---

① ［宋］李昉等：《太平御览》［M］，夏剑钦等校点，石家庄：河北教育出版社，1994 年第 1 版，第 8 卷，第 783 页。

龙 眼

龙眼，产地与荔枝相同，口感也和荔枝相差无几，甜得也是停不下来的那种。但是，不知为什么，荔枝受到了人们的疯狂追捧，而龙眼却一直徘徊在二三线。有荔枝在，闪光灯就永远聚焦在荔枝身上。偶尔余光扫过，会照到龙眼身上一下，两下。但随即，龙眼就又沉寂在漫长的暗黑之中了。

这件事很令人困扰。不为别的，因为这关系到人性，所以，必须弄清楚。其实，很多人都有此疑惑。苏轼就此事还专门写了一首诗，说龙眼和荔枝相比，出身、口味都不相上下，但不知为何，书籍里没有提到过龙眼，美食家们也没有赞美它，而独使荔枝出尽了风头："图经未尝说，玉食远莫数。独使皱皮生，弄色映琱俎。[①]”皱皮，就是指荔枝了。苏轼对龙眼是友好的。他最后安慰龙眼说：“蛮荒非汝辱，幸免妃子污。”[②]顺便又踩了一下杨贵妃。在这首诗里，苏轼只是提出了问题，安慰了当事人。不，当事果。但他并没有试图分析问题，给出答案。倒是朱熹的老师刘子翚，他不愧是理学家，试图运用现代西方经济学的价格理论来揭示龙眼价格的形成和变动规律。他和马歇尔同属一派，即供求均衡派，认为商品价格是由供给和需求双方的均衡点决定的。他说，龙眼价格低是因为产量太高了，即“价轻鱼目为生多”[③]。但是，在讨论荔枝的价格问题时，刘子翚又转向了佩第、穆勒、马克思一派的劳动价值论观点，认为商品价格取决于生产商品的代价（如生产成本、社会必要劳动等），认为荔枝贵重是因为“不近长安价愈高”[④]。这就在思想方法上产生了矛盾。所以，刘子翚最终没有形成自己的价格理论。

龙眼受到漠视，是因为龙眼对人不好吗？不是的！《神农本草经》里说龙眼：“味甘平，主治五脏邪气，安志，

---

① ［宋］苏轼：《廉州龙眼质味殊绝可敌荔枝》，见傅璇琮、倪其心、孙钦善、陈新、许逸民（主编）：《全宋诗》［M］，北京：北京大学出版社，1995年第1版，第9569页。

② ［宋］苏轼：《廉州龙眼质味殊绝可敌荔枝》，见傅璇琮、倪其心、孙钦善、陈新、许逸民（主编）：《全宋诗》［M］，北京：北京大学出版社，1995年第1版，第9569页。

③ ［宋］刘子翚：《龙眼》，见傅璇琮、倪其心、孙钦善、陈新、许逸民（主编）：《全宋诗》［M］，北京：北京大学出版社，1995年第1版，第21413页。

④ ［宋］刘子翚：《荔子》，见傅璇琮、倪其心、孙钦善、陈新、许逸民（主编）：《全宋诗》［M］，北京：北京大学出版社，1995年第1版，第21413页。

厌食，久服强魂魄，聪明，轻身，不老，通神明。[1]”但荔枝呢？《神农本草经》压根就没有提到它！

是龙眼地位低吗？也不是。《三国志》记载，交趾太守士燮常常派使者去拜见孙权，进献奇物异果，有香蕉、椰子、龙眼之属，无岁不至。[2]这里只说了龙眼，都没有提到荔枝。《后汉书》记载，因南海进献龙眼、荔枝时，“奔腾险阻，死者相继”，汉和帝下旨停止了进献。[3]你看，在这里，龙眼位居荔枝之前。

但是，除了医家，并没有人疯狂地赞美龙眼呢。人们说起龙眼，不是在荔枝后附带一笔，就是有点暗含讥讽。

首先，岭南人对龙眼就不太友好。《岭表录异》记载说：“荔枝，南中之珍果也。[4]”但是，说起龙眼呢，就说南人称龙眼是“荔枝奴”。为什么呢？因为荔枝先熟；荔枝过后，龙眼才熟，总跟在荔枝后头。所以，叫“荔枝奴”[5]！

刘克庄这人就更不可理喻了。他是福建人，痴爱荔枝，

---

① 马继兴（主编）：《神农本草经辑注》[M]，谢海洲、尚志钧副主编，北京：人民卫生出版社，2013年第1版，第200页。

② [晋] 陈寿：《三国志》[M]，[宋] 裴松之注，北京：中华书局，1999年第1版，第881-882页。

③ [宋] 范晔：《后汉书》[M]，[唐] 李贤等注，北京：中华书局，1999年版，第131-132页。

④ [宋] 李昉等：《太平御览》[M]，夏剑钦等校点，石家庄：河北教育出版社，1994年第1版，第8卷，第784页。

⑤ [宋] 李昉等：《太平御览》[M]，夏剑钦等校点，石家庄：河北教育出版社，1994年第1版，第8卷，第794页。

是个爱憎强烈、好恶分明的人。他打算说，要是南宋覆灭，他就要效仿伯夷、叔齐不食周粟、首阳山采薇为食，准备以荔枝为食了。所以，他对《神农本草经》关于龙眼的肯定很不以为然，专门写了一首诗驳斥《神农本草经》的观点。他说，吃东西看《本草经》，岂不是痴傻吗！荔枝和龙眼都能养脾。至于你龙眼益智嘛，我老了，益不益智也无所谓了。轻身，就更是开玩笑了。肉身根本就不可能轻！“食观本草岂非痴，二果甘滋可养脾。耄智自知无益处，肉身安得有轻时。”① 你看，刘克庄这人什么态度，对待龙眼简直偏执！你要知道，刘克庄可是因为摘荔枝而伤了一目的人啊！可依然痴爱荔枝，而对龙眼不屑一顾。

就我私下想来，龙眼之不如荔枝，似乎不在于口味，而在于三个方面。一是色相，二是时机，三是龙眼太好。先说色相。龙眼低调，褐色外袍，比起荔枝的红色外袍之美，相去甚远。再说时机。龙眼慢荔枝一步，被荔枝先声夺人抢去了先机。待到龙眼登台之时，人们难免已经意兴阑珊了。最重要的，是龙眼待人太好。你对他太好，这就给了他爱你的理由。而人嘛，都逆反，都任性！任性可能是最重要的人性！你对他好，他爱你，就不叫任性了。非得待他没什么好处，而他还爱，这就显示了他的个性、他的特点、他的不同凡俗。更有甚者，你越难得，越不愿俯

---

① ［宋］刘克庄：《荔枝龙眼二绝》，见傅璇琮、倪其心、孙钦善、陈新、许逸民（主编）：《全宋诗》［M］，北京：北京大学出版社，1995年第1版，第36611页。

就，就像荔枝那样，他越爱你！从这种没由来的爱中，他得到了巨大的快感，觉得这才是他的主张、他的选择、他的真爱——根本说不出理由的爱嘛！

参考文献

1. ［晋］陈寿：《三国志》［M］，［宋］裴松之注，北京：中华书局，1999 年第 1 版。

2. ［宋］范晔：《后汉书》［M］，［唐］李贤等注，北京：中华书局，1999 年版。

3. 傅璇琮、倪其心、孙钦善、陈新、许逸民（主编）：《全宋诗》［M］，北京：北京大学出版社，1995 年第 1 版。

4. ［宋］李昉等：《太平御览》［M］，夏剑钦等校点，石家庄：河北教育出版社，1994 年第 1 版。

5. 马继兴（主编）：《神农本草经辑注》［M］，谢海洲、尚志钧副主编，北京：人民卫生出版社，2013 年第 1 版。

橘

橘，自古以来就是贡品。从大禹时起，禹别九州，随山浚川，任土作贡，划定淮河与黄海之间是扬州，贡品是橘、柚等，即“淮、海惟扬州……厥包橘、柚[①]”。扬州，那里是江南。[②] 张籍曾做《江南曲》，描述江南风土人情说：“江南人家多橘树，吴姬舟上织白纻。”[③] 白居易也曾做诗说贡橘：“洞庭贡橘拣宜精，太守勤王请自行。”[④]

贡品嘛，自然是好东西。且橘产于江南，“橘生淮南则

---

① ［清］孙星衍：《尚书今古文注疏》［M］，北京：中华书局，1986 年第 1 版，第 158-162 页。

② ［清］孙星衍：《尚书今古文注疏》［M］，北京：中华书局，1986 年第 1 版，第 158 页。

③ ［唐］张籍：《江南曲》，见［清］彭定求等（编纂）：《全唐诗》［M］，北京：中华书局，1980 年第 1 版，第 205 页。

④ ［唐］白居易：《拣贡橘书情》，见［清］彭定求等（编纂）：《全唐诗》［M］，北京：中华书局，1980 年第 1 版，第 5024 页。

为橘，生于淮北则为枳”①。北地既不产橘，橘就难得，是稀罕物，非王公贵胄少见，是当时的奢侈品。因此，古时若是宴席上有橘，就如同今天我们有燕翅鲍一般，奢华无比。当忠臣慨叹饕餮盛宴之骄奢、感怀民间之疾苦时，就会用橘来形容宴席的阔绰。比如：白居易鄙夷太监的骄奢专横时，就说：“果擘洞庭橘，脍切天池鳞。”② 天宝十四年冬，杜甫从长安往奉先县途中，看到尖锐的社会矛盾和巨大的贫富差距，以“劝客驼蹄羹，霜橙压香橘”形容豪富。下面两句，便是那著名的“朱门酒肉臭，路有冻死骨”③。这样对比强烈的两句话，便成就了杜甫的这首代表作。没过多久，就在当年的十二月十六日，安史之乱便爆发了。

就像“遍身罗绮者，不是养蚕人”④ 一样，吃橘太奢，种橘可就是另外一回事了。丹阳太守李衡之妻不善治家，他秘密让人在武陵种甘橘千株，称之为“木奴”。临死之时，留给儿子补贴家用。⑤ 自此，橘又称“木奴”或“橘

---

① 李万寿（译注）：《晏子春秋全译》[M]，贵阳：贵州人民出版社，1993 年第 1 版，第 293 页。

② [唐] 白居易：《秦中吟十首·轻肥》，见 [清] 彭定求等（编纂）：《全唐诗》[M]，北京：中华书局，1980 年第 1 版，第 4676 页。

③ [唐] 杜甫：《自京赴奉先县咏怀五百字》，见 [清] 彭定求等（编纂）：《全唐诗》[M]，北京：中华书局，1980 年第 1 版，第 2265 页。

④ [宋] 张俞：《蚕妇》，见傅璇琮、倪其心、孙钦善、陈新、许逸民（主编）：《全宋诗》[M]，北京：北京大学出版社，1995 年第 1 版，第 4715 页。

⑤ [晋] 陈寿：《三国志》[M]，[宋] 裴松之注，北京：中华书局，1999 年第 1 版，第 854-855 页。

奴”；“千头橘”便成了退隐归家、维持生计，或指为后人留下财富的典故。官场不太得意的人，像李商隐、苏轼、孟浩然什么的，有事没事就说要种千头橘去了。也不知是不是辛弃疾特别喜欢吃橘的缘故，反正他特别喜欢这个典故，每当壮志难酬、打算退隐之时，就说要回去种千头橘了。他为朋友送行，顺便发发牢骚，就说日月往来，人生渺小，万事成蹉跎，壮志难酬，唯有隐退，回家种橘：“日月如磨蚁，万事且浮休……岁晚问无恙，归计橘千头。”①又有一次，他回顾自己年少之时意气风发、奋勇抗金的往事，说：“落日塞尘起，胡骑猎清秋……季子正年少，匹马黑貂裘。”② 再看当下白发暮年、意兴阑珊，于是，劝朋友和自己一起，“倦游欲去江上，手种橘千头”③。

《三国志》记载，陆绩六岁时见到袁术，袁术请大家吃橘，而陆绩藏了三枚在怀里，说是打算回去给母亲吃。④此后，怀橘便成了一个典故，表示孝敬父母之意。士子们在外，或求学，或应试，一般都打算在参加完科举考试后回乡探望父母。于是，诗人们为这些莘莘学子赴试壮行、写往来应酬的诗词时，多用到这个典故。孟浩然朋友的孩

---

① ［宋］辛弃疾：《水调歌头·送杨民瞻》，唐圭璋（编）：《全宋词》［M］，北京：中华书局，1965 年第 1 版，第 1951 页。

② ［宋］辛弃疾：《水调歌头·舟次扬州和人韵》，见唐圭璋（编）：《全宋词》［M］，北京：中华书局，1965 年第 1 版，第 1950 页。

③ ［宋］辛弃疾：《水调歌头·舟次扬州和人韵》，见唐圭璋（编）：《全宋词》［M］，北京：中华书局，1965 年第 1 版，第 1950 页。

④ ［晋］陈寿：《三国志》［M］，［宋］裴松之注，北京：中华书局，1999 年第 1 版，第 981 页。

子作为孝廉将要参加明经科考试，顺便回泾州探望父母，孟浩然写诗为他壮行：“十五彩衣年，承欢慈母前。孝廉因岁贡，怀橘向秦川。”① 岑参的朋友科举考试及第，准备回苏州探望父母，岑参写诗为他送行：“送尔姑苏客，沧波秋正凉。橘怀三个去，桂折一枝香。”② 唐代“大历十才子”之一的钱起，③ 他的朋友科举考试及第，准备回吴州探望父母，遂写诗为他送行：“林表吴山色，诗人思不忘。向家流水便，怀橘彩衣香。④” 这些诗词应景而已，谈不上什么情真意切。倒是骆宾王想孝亲而不得，发出的“茹荼空有叹，怀橘独伤心”⑤ 一句，颇动人心。

关于橘，苏轼还有一首诗，是说冬初时节，荷尽菊残，但菊花傲霜的风骨仍在，又可收含霜之橙橘，另是一番新天地呢！“荷尽已无擎雨盖，菊残犹有傲霜枝。一年好景君须记，正是橙黄橘绿时。”⑥ 这诗似乎并非苏轼特别著名的作品，却是河洛深爱的一首诗。与君共勉。

---

① ［唐］孟浩然：《送张参明经举兼向泾州觐省》，见［清］彭定求等（编纂）：《全唐诗》［M］，北京：中华书局，1980 年第 1 版，第 1638 页。

② ［唐］岑参：《送滕亢擢第归苏州拜亲》，见［清］彭定求等（编纂）：《全唐诗》［M］，北京：中华书局，1980 年第 1 版，第 2074 页。

③ ［清］彭定求等（编纂）：《全唐诗》［M］，北京：中华书局，1980 年第 1 版，第 2600 页。

④ ［唐］钱起：《送褚十一澡擢第归吴觐省》，见［清］彭定求等（编纂）：《全唐诗》［M］，北京：中华书局，1980 年第 1 版，第 2637 页。

⑤ ［唐］骆宾王：《畴昔篇》，见［清］彭定求等（编纂）：《全唐诗》［M］，北京：中华书局，1980 年第 1 版，第 836 页。

⑥ ［宋］苏轼：《赠刘景文》，见傅璇琮、倪其心、孙钦善、陈新、许逸民（主编）：《全宋诗》［M］，北京：北京大学出版社，1995 年第 1 版，第 9433 页。

参考文献

1. ［晋］陈寿：《三国志》［M］，［宋］裴松之注，北京：中华书局，1999 年第 1 版。

2. 傅璇琮、倪其心、孙钦善、陈新、许逸民（主编）：《全宋诗》［M］，北京：北京大学出版社，1995 年第 1 版。

3. 李万寿（译注）：《晏子春秋全译》［M］，贵阳：贵州人民出版社，1993 年第 1 版。

4. ［清］彭定求等（编纂）：《全唐诗》［M］，北京：中华书局，1980 年第 1 版。

5. ［清］孙星衍：《尚书今古文注疏》［M］，北京：中华书局，1986 年第 1 版。

6. 唐圭璋（编）：《全宋词》［M］，北京：中华书局，1965 年第 1 版。

甘蔗

在看到《洛神赋图》之前，河洛从未意识到自己能被一幅画瞬间击中，打动到如此神魂颠倒的地步。那其实只是《洛神赋图》复制品的一个片段，其实又可说并不是画，而仿佛是最动人的电影片段的一个截图！人是默然无语的，但心中仿若有惊雷轰鸣。画面是草长莺飞的，情感是蠢蠢欲动的。洛神之美，不仅美在容貌，更是美在神态的纯洁、懵懂和无辜。而曹植的神态就更有可观了：心儿一下子就慌张地逃出了腔子，想要飞向洛神；一时又迈不开步子。但神情是端肃，是庄重，是谨敬。他伸手拦住了随从，显然是想预防任何可能的唐突。这真是神来之笔。

《洛神赋图》真品早已不见，最神似的摹图上，引首清高宗乾隆皇帝手书“妙入毫颠”四个字，一时间引得我把乾隆皇帝羡慕得要命！并非羡慕他的九五之尊和帝王高寿，却真真羡慕他能眼里看着、手里摩挲着这幅画！太傅谢安说顾恺之的画，有人类以来所无，即“有苍生来所无”①。吾深信之。

洛神赋图卷（复制品）（河洛摄于国家博物馆）

顾恺之作画，力图用一个画面，把人瞬间带入复杂焦灼的故事情节和情感体验之中。但他为人处世却并不这样。他并不喜欢短暂猛烈的感官刺激，而是喜欢慢慢地享受渐入佳境的过程。所以，他吃甘蔗的时候，是从甘蔗梢吃起的。②

顾恺之倒食甘蔗，目的在于追求口感的享受。但越来越甜这事，实际上是很多人的人生理想。陆游的弟子戴复古写诗说，自己的理想就是：“倒餐甘蔗入佳境，昼着锦衣归故乡。”③ 为了实现这个理想，戴复古诗酒江湖，闯荡四方，奋斗了十年还没有实现，让他有点心事重重。④ 古代士人，最大的理想就是科举擢第，报国济民，光宗耀祖。宋朝时期，宋太祖将宋初的两级科举制度改为三级。第一级，各州举行；第二级，是礼部举行的省试；第三级，是

① [南朝宋] 刘义庆（编撰）：《世说新语全译》[M]，柳士镇、刘开骅译注，贵阳：贵州人民出版社，1996年第1版，第593页。

② [南朝宋] 刘义庆（编撰）：《世说新语全译》[M]，柳士镇、刘开骅译注，贵阳：贵州人民出版社，1996年第1版，第690页。

③ [宋] 戴复古：《客游》，见傅璇琮、倪其心、孙钦善、陈新、许逸民（主编）：《全宋诗》[M]，北京：北京大学出版社，1995年第1版，第33572页。

④ [宋] 戴复古：《客游》，见傅璇琮、倪其心、孙钦善、陈新、许逸民（主编）：《全宋诗》[M]，北京：北京大学出版社，1995年第1版，第33572页。

皇帝亲自出题的殿试。宋高宗绍兴八年，晁公溯中了进士。他认识一个叫范道卿的人。范道卿有一位先祖叫范镇，乃翰林学士，[1] 曾与欧阳修、宋祁一起编撰《新唐书》。晁公溯与范道卿家有旧，曾两次为范道卿参加科举考试写诗壮行。其中，为他参加州试所写的诗中，有“少年早乘龙，佳境渐食蔗”[2] 一句，用的就是这个典故。果然，范道卿州试顺利通过，去参加省试去了。但是，他省试有没有通过就不知道了。因为没有见到晁公溯送他参加殿试的诗。

顾恺之直接从梢开始吃甘蔗，这是最原始、最朴素的甘蔗吃法了。其实，从先秦时代，古人们就有了更优雅的甘蔗吃法，即把甘蔗榨成甘蔗糖浆。屈原写《招魂》，其中有用美食招魂魄归来的诗句：“胹鳖炮羔，有柘浆些。”煮甲鱼烤羊羔，再配上甘蔗糖浆。[3] 中国古人认为，蔗浆可以解酒。因此，祭神时不仅要用香料调配过的芳香如兰的美酒，还要准备蔗浆，以备神灵翌日清晨醒酒用。“百末旨酒布兰生，泰尊柘浆析朝酲。”[4]

白居易很喜欢元稹的诗。话说，谁不喜欢元稹的诗呢？

---

① 傅璇琮、倪其心、孙钦善、陈新、许逸民（主编）：《全宋诗》[M]，北京：北京大学出版社，1995 年第 1 版，第 4253、22359 页。

② [宋] 晁公溯：《闻范道卿将赴试成都作此勉之》，见傅璇琮、倪其心、孙钦善、陈新、许逸民（主编）：《全宋诗》[M]，北京：北京大学出版社，1995 年第 1 版，第 22401 页。

③ 林家骊（译注）：《楚辞》[M]，北京：中华书局，2009 年第 1 版，第 215 页。

④ [汉] 班固：《汉书》[M]，[唐] 颜师古注，北京：中华书局，1999 年版，第 906 页。

毕竟，他是写出了“曾经沧海难为水，除却巫山不是云”①的人嘛！但是，白居易的喜欢又与众不同。他是喜欢到能夜读通宵的那种。有一天晚上，白居易在江楼上吟了好多首元稹的诗，然后写了一首诗——《江楼夜吟元九律诗，成三十韵》，来纪念这事。他把元稹的诗形容得极尽妍丽。但是，最打动我的是诗中最质朴的两句：“肉味经时忘，头风当日痊。”② 这一切让元稹感动极了，也写诗——《酬乐天江楼夜吟稹诗，因成三十韵》，以酬答白居易。他说，接到白居易的诗，真是爱不释手，泪滴纸穿，夜来大醉，晨又早醒。此意藏心底，只可惜不能常相见：“甘蔗销残醉，醍醐醒早眠。深藏那遽灭，同咏苦无缘。”③ 细读白、元二人的诗，似乎白居易爱得深沉含蓄，说得却诙谐轻松，很有些静水流深的意味。要想明白他的心思，需细细揣摩。但这难不倒元稹，他一下子就捕捉到了白居易诗中的深意。而他的回答，乃是直剖胸臆，热烈刻骨。不把人感动得泪流满面，他是不会罢休的。高山流水，也许说的就是这样的两个人吧。

除了液体的甘蔗制品，至少在汉初，就有固体蔗糖出

---

① ［唐］元稹：《离思五首》，见［清］彭定求等（编纂）：《全唐诗》［M］，北京：中华书局，1980年第1版，第4643页。

② ［唐］白居易：《江楼夜吟元九律诗，成三十韵》，见［清］彭定求等（编纂）：《全唐诗》［M］，北京：中华书局，1980年第1版，第4896页。

③ ［唐］元稹：《酬乐天江楼夜吟稹诗，因成三十韵》，见［清］彭定求等（编纂）：《全唐诗》［M］，北京：中华书局，1980年第1版，第4535页。

唐太宗像（复制品）
（河洛摄于国家博物馆）

现。那时的固态蔗糖，叫石蜜。最初是西域出品。[①] 石蜜是稀罕物，是献给皇帝用的贡品。《西京杂记》记载，闽越王献给汉高祖刘邦石蜜五斛。[②]

魏文帝曹丕似乎特别喜欢吃石蜜。他曾说，南方的龙眼、荔枝，难道比西域的葡萄、石蜜还好吃吗？[③] 唐太宗大概率也非常喜欢石蜜。他是行动派，不像魏文帝那样只是心里喜欢、嘴上说说而已。唐太宗直接派人去西域，学习石蜜制作方法。该使臣不负圣命，据说回来后制成的石蜜青出于蓝。[④] 这事说明，唐太宗李世民非常重视科学发展和技术进步，不懂、不会的地方就赶紧派人去取经。唐朝成为盛唐，大约根源在于此。

---

① ［宋］李昉等：《太平御览》［M］，夏剑钦等校点，石家庄：河北教育出版社，1994年第1版，第7卷，第916–917页。

② ［晋］葛洪（辑）：《西京杂记全译》［M］，成林、程章灿译注，贵阳：贵州人民出版社，1993年第1版，第129页。

③ ［宋］李昉等：《太平御览》［M］，夏剑钦等校点，石家庄：河北教育出版社，1994年第1版，第8卷，第783页。

④ ［宋］李昉等：《太平御览》［M］，夏剑钦等校点，石家庄：河北教育出版社，1994年第1版，第7卷，第917页。

参考文献

1. ［汉］班固：《汉书》［M］，［唐］颜师古注，北京：中华书局，1999年版。

2. 傅璇琮、倪其心、孙钦善、陈新、许逸民（主编）：《全宋诗》［M］，北京：北京大学出版社，1995年第1版。

3. ［晋］葛洪（辑）：《西京杂记全译》［M］，成林、程章灿译注，贵阳：贵州人民出版社，1993年第1版。

4. ［宋］李昉等：《太平御览》［M］，夏剑钦等校点，石家庄：河北教育出版社，1994年第1版。

5. 林家骊（译注）：《楚辞》［M］，北京：中华书局，2009年第1版。

6. ［南朝宋］刘义庆（编撰）：《世说新语全译》［M］，柳士镇、刘开骅译注，贵阳：贵州人民出版社，1996年第1版。

7. ［清］彭定求等（编纂）：《全唐诗》［M］，北京：中华书局，1980年第1版。

樱 桃

中国人嘛，讲究个因时制宜，什么季节吃什么东西，不会乱套。中国人又最重孝道，四时新物下来，一定要先祭祖先，才敢自己食用。这就是《春秋繁露》所说的："新天赐至，必先荐之，乃敢取食之。尊天敬宗庙之心也。"①

仲夏时节，樱桃新熟。君子当然要吃樱桃。但且慢，吃之前，一定要先祭祀祖先，然后才敢自己享用。所以，《礼记》规定，仲夏之月，天子要"羞以含桃，先荐寝庙"。羞，是进献、祭献的意思；含桃，就是樱桃了。② 樱桃是《礼记》唯一提到的要祭祀祖先的水果。因为它是一

---

① ［汉］董仲舒：《春秋繁露》［M］，［清］凌曙注，北京：中华书局，1975年第1版，第560页。

② 《十三经注疏》整理委员会（整理），李学勤（主编）：《礼记正义》［M］，［汉］郑玄注，［唐］孔颖达疏，龚抗云整理，王文锦审定，北京：北京大学出版社，1999年第1版，第504页。

年之中最先成熟的水果。别的水果成熟得晚，当然也要祭祀，但就不一一说明了。①

既然《礼记》明确规定了天子要在仲夏之月用樱桃祭祀祖先，那这事必定是宫廷仪典中的一项大事，自然比其他水果祭祀办得隆重些。祭祀礼成，那些樱桃该怎么办呢？天子都赏赐给大臣们吃了。可是，并不能白吃，一般都要写首诗纪念一下。所以，唐诗中关于樱桃的，很多都是感谢天子颁赐应制之作，特别雍容富贵。水部员外郎张籍收到了御赐的樱桃，写《朝日敕赐百官樱桃》说："仙果人间都未有，今朝忽见下天门……每年重此先偏待，愿得千春奉至尊。"② 张籍的知交兼伯乐韩愈很喜欢这首诗，特地和了一首诗。最后说："食罢自知无所报，空然惭汗仰皇扃。"③ 看下来，似乎还是韩愈写得更深刻些，吃了樱桃后，想到了回报君恩。在这方面，白居易和韩愈很相像。他收到御赐的樱桃后，写的诗是："已惧长尸禄，仍惊数食珍。最惭恩未报，饱喂不才身。"④

诗嘛，若说动人，必得是有情。荐樱桃之事，若论真

---

① 《十三经注疏》整理委员会（整理），李学勤（主编）：《礼记正义》[M]，[汉] 郑玄注，[唐] 孔颖达疏，龚抗云整理，王文锦审定，北京：北京大学出版社，1999 年第 1 版，第 504 页。

② [唐] 张籍：《朝日敕赐百官樱桃》，见 [清] 彭定求等（编纂）：《全唐诗》[M]，北京：中华书局，1980 年第 1 版，第 4338 页。

③ [唐] 韩愈：《和水部张员外宣政衙赐百官樱桃诗》，见 [清] 彭定求等（编纂）：《全唐诗》[M]，北京：中华书局，1980 年第 1 版，第 3864 页。

④ [唐] 白居易：《与沈杨二舍人阁老同食敕赐樱桃玩物感恩，因成十四韵》，见 [清] 彭定求等（编纂）：《全唐诗》[M]，北京：中华书局，1980 年第 1 版，第 4943-4944 页。

情实感，还属杜甫的诗更胜一筹。杜甫在唐肃宗平定安史之乱，收复长安、洛阳二京时，亦喜亦忧。忧自不必说。大乱之后二京痛遭蹂躏，收复之时亦必面临种种危局。而喜呢？杜甫说，要是能立刻回京的话，还能赶得上仲夏之月重修宗庙、再荐樱桃呢！“汗马收宫阙，春城铲贼壕。赏应歌杕杜，归及荐樱桃。”① 看这急切的心情，想那离乱人的苦难，便能感受到滚烫炙热的忧国忧民之心了！没有了这份忧切急迫，当然也不会有杜甫的《闻官军收河南河北》这一千古名篇了。“剑外忽传收蓟北，初闻涕泪满衣裳。却看妻子愁何在，漫卷诗书喜欲狂。白日放歌须纵酒，青春作伴好还乡。即从巴峡穿巫峡，便下襄阳向洛阳。”②

樱桃好吃，樱桃花也好看。很多人都说喜欢樱桃花，但喜欢的真假、程度各不相同。张籍就说自己很喜欢看樱桃花，花一开就要赶早去看。“昨日南园新雨后，樱桃花发旧枝柯。天明不待人同看，绕树重重履迹多。”③ 但是，有一年樱桃花开时节，他病了。他的朋友又来约他看樱桃花，就被他拒绝了：“东风渐暖满城春，独占幽居养病身。莫说樱桃花已发，今年不作看花人。”④ 由此看，张籍对樱桃花

---

① [唐] 杜甫：《收京三首其三》，见 [清] 彭定求等（编纂）：《全唐诗》[M]，北京：中华书局，1980 年第 1 版，第 2409 页。

② [唐] 杜甫：《闻官军收河南河北》，见 [清] 彭定求等（编纂）：《全唐诗》[M]，北京：中华书局，1980 年第 1 版，第 2460 页。

③ [唐] 张籍：《和裴仆射看樱桃花》，见 [清] 彭定求等（编纂）：《全唐诗》[M]，北京：中华书局，1980 年第 1 版，第 4355 页。

④ [唐] 张籍：《病中酬元宗简》，见 [清] 彭定求等（编纂）：《全唐诗》[M]，北京：中华书局，1980 年第 1 版，第 4360 页。

的喜爱有限，有点大事小情，就把樱桃花抛诸脑后了。

元稹也说自己喜欢樱桃花，还专门写了一首诗就叫《樱桃花》。但他真正喜欢的，大概率并不是樱桃花，而是那站在樱桃花下的人。他是这么说的："樱桃花，一枝两枝千万朵。花砖曾立摘花人，窣破罗裙红似火。"①

白居易也喜欢一位站在樱桃花下的人。后来，那人走了，白居易还很伤心了一阵子。写诗悼念说："存亡感月一潸然，月色今宵似往年。何处曾经同望月，樱桃树下后堂前。"② 但是，白居易对樱桃花绝对也是真爱、痴爱。他不仅赏花，还要种花；每到花开时节，他就为花悲，为花醉，为花喜。他住在官衙里，明知那不是自己的家，但也要马上种满樱桃。写诗说："亦知官舍非吾宅，且劚山樱满院栽。"③ 好不容易等到樱桃开了红花，他却开始悲叹自己的白发："逐处花皆好，随年貌自衰。红樱满眼日，白发半头时。"④ 这吓得樱桃不敢开红花了，就开了满树的白花。但他看到白花如雪，不仅感怀自己的白发，还觉得非得大醉一场才行，乃赋诗曰："樱桃昨夜开如雪，鬓发今年白似霜。渐觉花前成老丑，何曾酒后更颠狂。谁能闻此来相劝，

① [唐] 元稹：《樱桃花》，见 [清] 彭定求等（编纂）：《全唐诗》[M]，北京：中华书局，1980 年第 1 版，第 4637-4638 页。

② [唐] 白居易：《感月悲逝者》，见 [清] 彭定求等（编纂）：《全唐诗》[M]，北京：中华书局，1980 年第 1 版，第 4838 页。

③ [唐] 白居易：《移山樱桃》，见 [清] 彭定求等（编纂）：《全唐诗》[M]，北京：中华书局，1980 年第 1 版，第 4881 页。

④ [唐] 白居易：《樱桃花下叹白发》，见 [清] 彭定求等（编纂）：《全唐诗》[M]，北京：中华书局，1980 年第 1 版，第 4880 页。

共泥春风醉一场。”① 白居易是个行动力很强的人，说干就干，很快就约了朋友在樱桃树下大醉了一场。“天色晴明少，人生事故多。停杯替花语，不醉拟如何。”② 悲也悲了，醉也醉了。

当然，也有喜的时候。白居易作中书舍人时，有一年初春，韩愈和张籍雨后游曲江，邀白居易同去。不知白居易是不喜欢雨后泥泞呢，还是另有要事，反正是没有去成。他俩心满意足、得意洋洋地回来后，韩愈还特地写诗向白居易炫耀。这就不能忍了。白居易立刻写诗表明，自己压根就不喜欢雨后泥泞的游玩，顺带夸耀一下他新种的红樱桃。“小园新种红樱树，闲绕花行便当游。何必更随鞍马队，冲泥蹋雨曲江头。”③ 酸归酸，但也可见，这小园新种的红樱桃确实深得白大人的欢心。这样的闲绕花行，大概真就是白大人的日常了。

参考文献

1. [汉] 董仲舒：《春秋繁露》[M]，[清] 凌曙注，北京：中华书局，1975年第1版。

---

① [唐] 白居易：《感樱桃花因招饮客》，见 [清] 彭定求等（编纂）：《全唐诗》[M]，北京：中华书局，1980年第1版，第4918页。

② [唐] 白居易：《同诸客携酒早看樱桃花》，见 [清] 彭定求等（编纂）：《全唐诗》[M]，北京：中华书局，1980年第1版，第5004页。

③ [唐] 白居易：《酬韩侍郎张博士雨后游曲江见寄》，见 [清] 彭定求等（编纂）：《全唐诗》[M]，北京：中华书局，1980年第1版，第4942页。

2. ［清］彭定求等（编纂）：《全唐诗》［M］，北京：中华书局，1980年第1版。

3.《十三经注疏》整理委员会（整理），李学勤（主编）：《礼记正义》［M］，［汉］郑玄注，［唐］孔颖达疏，龚抗云整理，王文锦审定，北京：北京大学出版社，1999年第1版。

石 榴

石榴，据说原产于波斯。陆机，乃孙吴丞相陆逊之孙，吴亡后出仕西晋。他曾说：“张骞为汉使外国十八年，得涂林安熟榴也。”① 若真是这样，那石榴进了中国，可真是得遇知音，得逢明主，三生有幸了呢！

为什么这样说呢？你看文人们，有说爱莲的，有说爱菊的，有说爱兰的，有说爱梅的，有说爱牡丹的……还真没听谁个说爱慕石榴呢！可是，真到了要做决定把谁迎回家时，个个都听从了母上大人的话，乖乖地迎了石榴回家。这石榴，说不上有啥风骨，亦不算有十分姿色，就凭着一个枝繁叶茂、多子多孙、全家团圆的好意头，轻易得了老太太的欢心！得意洋洋地被请进了上房！

---

① ［宋］李昉等：《太平御览》［M］，夏剑钦等校点，石家庄：河北教育出版社，1994年第1版，第8卷，第773页。

《北史》说，北齐安德王高延宗，就是那个兰陵王高长恭的亲弟弟，小时候为齐文宣帝高洋所养，长大后纳李氏女为妃。文宣帝去李宅赴宴，李妃母宋氏就敬献了两个石榴，愿皇帝子孙众多。①

清代景德镇窑青花釉里红高足碗
（河洛摄于上海市博物馆）

所以，对于石榴来说，大多是不需寄身野外空山佛寺之中而寂寞一生的，多得在庭院之中安享尊荣。没错，文人们失意的时候，一时心里难受，难免去外面寻个莲花、梅花、菊花、兰花什么的，抒发一下悲愤的情愫，表一表自己忠贞的心志。但平时没什么事的时候，日子还得一天一天地过，每日里还是在家待着的时候多。夏日午觉醒来，睡眼惺忪，身心舒泰，看见窗外榴花红艳，就即兴赋诗或赋词一首。苏舜钦睡醒了午觉，就赋《夏意》诗一首："别院深深夏簟清，石榴开遍透帘明。树阴满地日当午，梦觉流

① ［宋］李昉等：《太平御览》［M］，夏剑钦等校点，石家庄：河北教育出版社，1994年第1版，第8卷，第773页。

唐代银石榴罐
（河洛摄于陕西省历史博物馆）

莺时一声。”①端午节那天，刘克庄中午在院子里扇着扇子，赏花乘凉，赋词说：“深院榴花吐，画帘开，束衣纨扇，午风清暑。”②看看，这安逸恬然的静好时光，全都要依附在一树榴花之上。

所谓近水楼台，既进了上房，一定是要风得风，要雨得雨。一时之间，女人的裙子都成了石榴裙。近在眼前嘛！难不成说个奇花异卉，别人都没见过的，那谁来和你共鸣呢？所以，当陈与义端午节那天思念某人时，就说：“榴花不似舞裙红。无人知此意，歌罢满帘风。”③武则天想念唐高宗了，就说：“不信比来长下泪，开箱验取石榴裙。”④

归德府有侯方域故居。虽说是不甚大的庭院，但到底

① ［宋］苏舜钦：《夏意》，见傅璇琮、倪其心、孙钦善、陈新、许逸民（主编）：《全宋诗》［M］，北京：北京大学出版社，1995年第1版，第3938页。

② ［宋］刘克庄：《贺新郎·端午》，见唐圭璋（编）：《全宋词》［M］，北京：中华书局，1965年第1版，第2625页。

③ ［宋］陈与义：《临江仙·高咏楚词酬午日》，见唐圭璋（编）：《全宋词》［M］，北京：中华书局，1965年第1版，第1068页。

④ ［唐］则天皇后：《如意娘》，见［清］彭定求等（编纂）：《全唐诗》［M］，北京：中华书局，1980年第1版，第58页。

是世家府邸，说不尽的精致古雅。进得堂去，并没有一丝喧嚣浮躁，时光似乎在停驻，亦似乎在倒流，令人难抑万千感慨。如今庭院深深，却早已物是人非，只有两株石榴，兀自把红花开遍。

清代景德镇窑仿哥石榴尊
（河洛摄于上海市博物馆）

侯方域是才子，只可惜生不逢时。他的一生，有很多事情令他追悔莫及。所以，书斋起名叫“壮悔堂”。只这一个“悔”字，纵然石榴红遍，他也难沐春光。他都悔了些什么事呢？李香君必是其中之一吧。如今的秦淮河畔，亦有李香君故居迎风沐雨。玲珑小楼临水而立，只是佳人早已魂断香消。侯方域生逢乱世，家国兴亡，英才无由得展，亦必是憾事之一吧。孟子说，入仕之人都仰慕君主；而未能入仕之人都急躁热切地追名逐利。“仕则慕君，不得于君则热中。”① 这话真是鞭辟入里，一

① 《十三经注疏》整理委员会（整理），李学勤（主编）：《孟子注疏》[M]，[汉] 赵岐注，[宋] 孙奭疏，廖明春、刘佑平整理，钱逊审定，北京：北京大学出版社，1999年第1版，第244页。

归德府侯方域故居（河洛摄）

针见血，乃千古不易之真理。所以，当真是沈佺期的“我无毫发瑕，苦心怀冰雪”①才是正途所在。要能有张孝祥“素月分辉，明河共影，表里俱澄澈”的襟怀和他“尽吸西江，细斟北斗，万象为宾客”②的豪迈，那可真是不算虚度此生了。

参考文献

1. 傅璇琮、倪其心、孙钦善、陈新、许逸民（主编）：《全宋诗》［M］，北京：北京大学出版社，1995 年第 1 版。

2. ［宋］李昉等：《太平御览》［M］，夏剑钦等校点，石家庄：河北教育出版社，1994 年第 1 版。

3. ［清］彭定求等（编纂）：《全唐诗》［M］，北京：中华书局，1980 年第 1 版。

---

① ［唐］沈佺期：《枉系二首》，见［清］彭定求等（编纂）：《全唐诗》［M］，北京：中华书局，1980 年第 1 版，第 1025 页。

② ［宋］张孝祥：《念奴娇·过洞庭》，见唐圭璋（编）：《全宋词》［M］，北京：中华书局，1965 年第 1 版，第 1690 页。

4.《十三经注疏》整理委员会（整理），李学勤（主编）：《孟子注疏》［M］，［汉］赵岐注，［宋］孙奭疏，廖明春、刘佑平整理，钱逊审定，北京：北京大学出版社，1999 年第 1 版。

5. 唐圭璋（编）：《全宋词》［M］，北京：中华书局，1965 年第 1 版。

菊

菊，各门各派都爱。这很少见，也很神奇。但是，菊花自己怎么想的呢？各个门派对菊花的倾慕，最初真是让菊花柔肠百结，眉间心上，左右为难。但是，菊花在千思万想之下，终于决定：菊花的精神，归了田园；菊花的肉身，归了现实。

最早爱上菊花的，是战国时期的屈原。他要“朝饮木兰之坠露兮，夕餐秋菊之落英”①。看看，春天里百花开，没一样能入得了屈原的眼。就是要吃，也非得是不与百花争艳的菊，才能凸显屈原的遗世独立、卓尔不群！

屈原以秋菊落英为餐，使菊脱离了普通的草木花树，沾染了浪漫主义的流风，氤氲了理想主义的骄傲。所以，

---

① ［战国楚］屈原：《离骚》，见林家骊译注：《楚辞》［M］，北京：中华书局，2009年第1版，第7页。

菊花内心，是感谢屈原的。但是，感谢能代替爱吗？菊花觉得，太浪漫的人有点不靠谱；与太浪漫的人交往，总是有点战战兢兢、如履薄冰的。所以，菊花对浪漫派的心情，是感激的，也是疏离的。

紧接着，修道之人也爱上了菊花。百花开罢，菊花才登场，颇有点像压轴的角儿，俯仰之间透着那股子傲然的劲头，带着那风华绝代、令万众痴迷的神秘力量。大约这引起了修道之人的重视，想要借重菊花的力量来搞点事情。南北朝时期的志怪小说《续齐谐记》里说，费长房对跟着他游学的桓景说，九月九日，桓景家中有难，要他赶紧回家，让家人佩戴茱萸囊，登高饮菊花酒，可避祸事。① 关于费长房这个人，《后汉书》里有记载。但是，《后汉书》并没有说，饮菊花酒可避难。②

无论如何，菊花就这样被修道之人赋予了与命运、灾祸抗争的神秘色彩。但菊花是否真有此等功效呢？菊花自己也不知

清代缂丝菊花蝴蝶团扇
（河洛摄于广东省博物馆）

① ［南朝梁］吴均：《续齐谐记》，见［宋］李昉等：《太平御览》［M］，夏剑钦等校点，石家庄：河北教育出版社，1994 年第 1 版，第 1 卷，第 279 页。

② ［宋］范晔：《后汉书》［M］，［唐］李贤等注，北京：中华书局，1999 年版，第 1852-1853 页。

道。反正此后重阳之日，大家都佩戴茱萸、饮菊花酒了。不过很快，一个问题发生了。菊花回想起汉高祖与戚夫人每到九月九日，都要佩茱萸，饮菊花酒。① 可叹，菊花酒虽然使桓景家中无事，却并没有使戚夫人躲过吕后的手心。这让人不忍言之事，让菊花认清了现实。菊花觉得，还是不要以怪力乱神自诩了，本就是低调不同流俗的花嘛！

明代景德镇官窑釉里红菊花纹大盘（河洛摄于广东省博物馆）

但菊花的特立独行没有人可以否认，当春天成为百花的朝廷，秋天自然成了菊花的野。在那个洒脱高洁的季节里，菊花傲霜而立，独领了一季风骚。那藐视众花、不屑与之为伍的神气，注定让田园派的人瞩目，也注定让他们钟情。因为他们骨子里，和菊花是一挂的。所以，陶渊明立刻爱上了菊花。他需要以菊花作为自己的精神支柱。菊花爱不爱陶渊明呢？

① ［晋］葛洪：《西京杂记》，见无名氏、［晋］葛洪：《燕丹子·西京杂记》［M］，无名氏：《燕丹子》，程毅中点校，［晋］葛洪：《西京杂记》，北京：中华书局，1985年第1版，第20页。

菊得了陶渊明，如琵琶得了昭君。所以，菊花一定是与陶渊明惺惺相惜的。但是，菊花很快认识到，二者虽然那么相像，却并不能完全依靠陶渊明。因为菊花要生活，还要养活一大家子。所以，菊决定，与陶渊明之间，只能是保持柏拉图式的爱情。

在陶渊明之后，菊花终于迎来了一生中最重要的际遇——现实主义。说起来，这缘分来之不易，还要感谢修道之人的造势。现实主义的人虽然认识到，重阳之日赏菊饮酒不能真的辟邪，但这真是一个很好的由头，可以借以全家团聚，及时行乐！于是，现实主义的人们，无论那天是聚是散，都再也离不开菊花了！陆游对菊花最深情，是一刻也不想分开的那种。他二十岁时就特意采了菊花花瓣做枕头，大约是想用一室幽香沾染梦境吧。这份爱，一直持续了很多年。直到六十三岁那年秋季，又采菊花，还忘不掉自己少年时的风雅往事。

清代景德镇窑绿釉菊瓣盖碗（河洛摄于上海市博物馆）

他写诗说："采得黄花作枕囊，曲屏深幌闷幽香。唤回四十三年梦，灯暗无人说断肠。"①

元稹爱菊花，爱得更是理直气壮。他写《菊花》诗说："不是花中偏爱菊，此花开尽更无花。"② 元稹除了爱菊，当然也爱菊花酒。一有点愁绪他就要喝菊花酒，还特意写诗说："闻君新酒熟，况值菊花秋。莫怪平生志，图销尽日愁。"③

白居易和元稹非常要好，是相互倾慕得不得了的那种。元稹一离京，白居易就觉整个长安城都是空荡荡的，写诗说："同心一人去，坐觉长安空。"④ 所以，一到菊花盛开、痛饮菊酒的时节，白居易就更加睹花思念故人。那年重阳，白居易在宫中值夜班，皇帝赐了菊花酒给他。他端着菊花酒，心里对元稹的思念更加如潮水袭来。于是，就对着菊花，一整天不停地反复吟诵元稹写的《菊花》诗。还写诗说："赐酒盈杯谁共持，宫花满把独相思。相思只傍花边立，尽日吟君咏菊诗。"⑤ 其实，这样说有点不合适。因为

---

① ［宋］陆游：《余年二十时尝作菊枕诗颇传於人今秋偶复采菊》，见傅璇琮、倪其心、孙钦善、陈新、许逸民（主编）：《全宋诗》［M］，北京：北京大学出版社，1995 年第 1 版，第 24680 页。

② ［唐］元稹：《菊花》，见［清］彭定求等（编纂）：《全唐诗》［M］，北京：中华书局，1980 年第 1 版，第 4560 页。

③ ［唐］元稹：《饮新酒》，见［清］彭定求等（编纂）：《全唐诗》［M］，北京：中华书局，1980 年第 1 版，第 4552 页。

④ ［唐］白居易：《别元九后咏所怀》，见［清］彭定求等（编纂）：《全唐诗》［M］，北京：中华书局，1980 年第 1 版，第 4770 页。

⑤ ［唐］白居易：《禁中九日对菊花酒忆元九》，见［清］彭定求等（编纂）：《全唐诗》［M］，北京：中华书局，1980 年第 1 版，第 4843 页。

白居易思念元稹是不需要理由的，有没有菊花他都思念。尤其是在皇宫晚上值夜班的时候，没什么事就更加思念他了。写诗说："心绪万端书两纸，欲封重读意迟迟。五声宫漏初鸣夜，一点窗灯欲灭时。"① 这是没事时胡乱写的，已经感人至深了。要有点事，比如八月十五什么的，写的诗就更了不得了。比如："三五夜中新月色，二千里外故人心。"② 白居易爱读元稹的诗，一读起来，头也不疼了，觉也不睡了。所以，白居易头疼的时候，若是再看见菊花，那对元稹的思念就是双重的浓重了。他写诗说："眼闇头风事事妨，绕篱新菊为谁黄。闲游日久心慵倦，痛饮年深肺损伤……"③

现实主义的巨擘，当然首推杜甫。他对菊花的爱，简直有矫情之虞。杜甫那一年病了，既不能喝酒，也没法欣赏菊花，再加上战乱频仍，亲人离散，于是，他生气了。"竹叶于人既无分，菊花从此不须开。"④ 你听听，这不是典型地迁怒于菊吗？要是菊花真的不开了，还不定怎么样呢！于是，菊花说："我开！我开！我开开开！"

无论如何，在现实主义的拥戴之中，菊花终于迎来了

---

① [唐] 白居易：《禁中夜作书与元九》，见 [清] 彭定求等（编纂）：《全唐诗》[M]，北京：中华书局，1980 年第 1 版，第 4844 页。

② [唐] 白居易：《八月十五日夜禁中独直对月忆元九》，见 [清] 彭定求等（编纂）：《全唐诗》[M]，北京：中华书局，1980 年第 1 版，第 4844 页。

③ [唐] 白居易：《九日寄微之》，见 [清] 彭定求等（编纂）：《全唐诗》[M]，北京：中华书局，1980 年第 1 版，第 5032 页。

④ [唐] 杜甫：《九日五首》，见 [清] 彭定求等（编纂）：《全唐诗》[M]，北京：中华书局，1980 年第 1 版，第 2536 页。

自己的春天！菊花脱离了小众的局限！菊花界繁荣了！从此，菊花认识到，自己可终身托付的，只能是现实主义。

参考文献

1. ［宋］范晔：《后汉书》［M］，［唐］李贤等注，北京：中华书局，1999年版。

2. 傅璇琮、倪其心、孙钦善、陈新、许逸民（主编）：《全宋诗》［M］，北京：北京大学出版社，1995年第1版。

3. ［宋］李昉等：《太平御览》［M］，夏剑钦等校点，石家庄：河北教育出版社，1994年第1版。

4. 林家骊（译注）：《楚辞》［M］，北京：中华书局，2009年第1版。

5. ［清］彭定求等（编纂）：《全唐诗》［M］，北京：中华书局，1980年第1版。

6. 无名氏、［晋］葛洪：《燕丹子·西京杂记》［M］，无名氏：《燕丹子》，程毅中点校，［晋］葛洪：《西京杂记》，北京：中华书局，1985年第1版。

梨 花

在百花盛开的茫茫花海中，梨花实力演绎："我是谁？我在哪？我在做什么？"

如果你赞叹一声"梨花美"，梨花大概率会问你一声："你说谁？"

你说："说的就是你啊，梨花一枝春带雨①！"

梨花默默垂下了头，心说："啊，你原来是白居易啊！你要夸杨贵妃就直说嘛，干吗扯上我！"

不过，梨花是性情温厚的花，从来不小心眼，也不使小性子，该干嘛还干嘛。所以，后来当苏轼的学生王安中说腊梅是"玉真未洒梨花泪②"时，梨花根本不为所动。

---

① ［唐］白居易：《长恨歌》，见［清］彭定求等（编纂）：《全唐诗》［M］，北京：中华书局，1980年第1版，第4819页。

② ［宋］王安中：《蝶恋花·高奇是蜡梅》，见唐圭璋（编）：《全宋词》［M］，北京：中华书局，1965年第1版，第748页。

但是，白居易带了个坏头。自从白居易写了《长恨歌》，梨花只要一带雨，就不是梨花了，那有可能是指杨贵妃，也有可能是指女娲娘娘，当然还有可能是指苏妲己，或者是指变成苏妲己的那个狐狸精。[①] 算了，梨花安慰自己说，带雨的梨花我不要了，你们爱给谁给谁去吧！我就安安分分做好我的梨花好了。

但是，只想安安静静地当个梨花也不成。那天，岑参说："忽如一夜春风来，千树万树梨花开。"[②] 梨花其实当时正在冬眠，似梦似醒之间猛然间听到了，真的是亦惊亦喜。正要前去谢他知遇之恩，但见雪花盎然向前，盈盈下拜。那身拒花于千里之外的寒气逼得梨花不由得连退十几步，心下暗惊，默默叫苦："幸亏行步稍慢，不然可就要贻笑大方了！"梨花再次退进历史深深的尘埃之中，默不作声了。

话说雪花对梨花很不友好，但这也不能全怪雪花，主要是有人从中作祟，挑拨雪花和梨花的关系。王维的好朋友丘为[③]就说过，梨花"冷艳全欺雪，馀香乍入衣"[④]。唐

---

① ［明］许仲琳（编）：《封神演义》［M］，北京：人民文学出版社，1973年第1版。

② ［唐］岑参：《白雪歌送武判官归京》，见［清］彭定求等（编纂）：《全唐诗》［M］，北京：中华书局，1980年第1版，第2050页。

③ ［清］彭定求等（编纂）：《全唐诗》［M］，北京：中华书局，1980年第1版，第1317页。

④ ［唐］丘为：《左掖梨花》，见［清］彭定求等（编纂）：《全唐诗》［M］，北京：中华书局，1980年第1版，第1320页。

穆宗时户部尚书、礼部尚书令狐楚[1]也说："梨花雪不如。"[2] 司空图干脆替梨花把松树也一起得罪了，说："好是梨花相映处，更胜松雪日初晴。"[3] 司空图这人有德名，和白居易一样都做过中书舍人。但司空图不幸仕于唐朝末年，后梁太祖朱温强迫唐朝末代皇帝哀帝禅位，自立为帝，便召已致仕的司空图为礼部尚书。司空图为尽忠义，绝食而亡。[4] 因此，他的话分量很重。梨花心里也知道雪花对自己有敌意，所以，当丘处机说"白锦无纹香烂漫，玉树琼葩堆雪"[5] 时，梨花最初没有任何反应。这根本也没她什么事嘛！可是，梨花等啊，等啊，等了好久，怎么白锦没有动呢？玉树也没动，琼花也没动。最后，那个傲慢的雪花也没动。身后有人暗暗地戳了下梨花的腰，低声提醒道，"说你呢！" 啊?! 梨花这才反应过来，慌忙追去。哪里还有丘处机的人影?! 早就飘飘然远去了！

梨花很生气。但是，从此梨花长了个心眼。原来文人们都弱视，容易把自己和雪花搞混了。所以，以后再有人

---

① ［清］彭定求等（编纂）：《全唐诗》［M］，北京：中华书局，1980年第1版，第3744页。

② ［唐］令狐楚：《宫中乐五首》，见［清］彭定求等（编纂）：《全唐诗》［M］，北京：中华书局，1980年第1版，第3748页。

③ ［唐］司空图：《杨柳枝寿杯词十八首》，见［清］彭定求等（编纂）：《全唐诗》［M］，北京：中华书局，1980年第1版，第7280页。

④ ［清］彭定求等（编纂）：《全唐诗》［M］，北京：中华书局，1980年第1版，第7243页。

⑤ ［金］丘处机：《无俗念·灵虚宫梨花词》，见唐圭璋（编）：《全金元词》［M］，北京：中华书局，1979年第1版，第452–455页。

喊雪花时，梨花往往会提高了警惕，看看是不是在叫自己。比如：苏轼就喊她“惆怅东栏一株雪”[①]；陆游喊她“醉袖迎风雪一杈”[②]；温庭筠说，“梨花雪压枝”[③]。要说还是元好问这人最厚道了，说话让人听得明白。他就对梨花说：“一树梨花如雪月明中。[④]”其实，就连岑参也不是坏人。他不过是弱视最严重，又总爱翻来覆去、颠三倒四罢了。他后来还说“梨花千树雪”[⑤]呢！

此时此刻，梨花心情很好，觉得自己终于也有昵称了。更可爱的是，还有人喊梨花“香雪”呢！李白说她是“梨花白雪香”[⑥]。白居易的好朋友，唐宪宗时的户部侍郎、剑南节度使武元衡说梨花“晴雪香堪惜”[⑦]。刘秉忠喊她“雪香凝树”[⑧]。王恽更直白，直接向梨花表白了：“爱一枝香

---

① ［宋］苏轼：《东栏梨花》，见傅璇琮、倪其心、孙钦善、陈新、许逸民（主编）：《全宋诗》［M］，北京：北京大学出版社，1995年第1版，第9236页。

② ［宋］陆游：《梨花》，见［宋］陆游：《剑南诗稿校注》［M］，钱仲联校注，上海：上海古籍出版社，1985年第1版，第3710页。

③ ［唐］温庭筠：《太子西池二首》，见［清］彭定求等（编纂）：《全唐诗》［M］，北京：中华书局，1980年第1版，第6715页。

④ ［金］元好问：《虞美人·樱桃元是仙郎种》，见［金］元好问：《元好问全集》［M］，太原：山西人民出版社，1990年第1版，下册，第188页。

⑤ ［唐］岑参：《送杨子》，见［清］彭定求等（编纂）：《全唐诗》［M］，北京：中华书局，1980年第1版，第2081页。

⑥ ［唐］李白：《宫中行乐词》，见［清］彭定求等（编纂）：《全唐诗》［M］，北京：中华书局，1980年第1版，第408页。

⑦ ［唐］武元衡：《左掖梨花》，见［清］彭定求等（编纂）：《全唐诗》［M］，北京：中华书局，1980年第1版，第3570页。

⑧ ［元］刘秉忠：《点绛唇》，见唐圭璋（编）：《全金元词》［M］，北京：中华书局，1979年第1版，第619页。

雪！”① 天啊！梨花可算是熬出头了！这可不是比雪花还要好吗？白如雪，可比雪花还要香呢！

可是，梨花并没有高兴多久。很快，她就收到了梅花瞪过来的白眼！因为梅花正凭借“梅须逊雪三分白，雪却输梅一段香”② 申请相关专有称号呢！包括但不限于“白如雪”“比雪香”。话说梅花在鲜花界的地位很尊贵，是掌管四季的四大花神之一。梨花没有她地位高，必须对她退避三舍，敬而远之！

可是，梨花心里真是又酸又苦啊！这可叫梨花怎么活啊！梨花招谁惹谁了！算了，算了，梨花不和你们争了。

恰在此时，梨花遇到了欧阳修。欧阳修对梨花是真心的怜香惜玉。他自己都“春愁酒病成惆怅”③ 了，还不忘梨花孤苦无依，需要个大佬罩着。于是，他给梨花找了一个保护神。他说：“笼月照梨花。”④ 为怕明月不答应，他还对明月进行了说服解释工作，说明这段关系的互惠互利

---

① [元] 王恽：《木兰花慢》，见唐圭璋（编）：《全金元词》[M]，北京：中华书局，1979 年第 1 版，第 660-665 页。

② [宋] 卢梅坡：《梅花》，见傅璇琮、倪其心、孙钦善、陈新、许逸民（主编）：《全宋诗》[M]，北京：北京大学出版社，1995 年第 1 版，第 45203 页。

③ [宋] 欧阳修：《蝶恋花·面旋落花风荡漾》，见傅璇琮、倪其心、孙钦善、陈新、许逸民（主编）：《全宋诗》[M]，北京：北京大学出版社，1995 年第 1 版，第 126 页。

④ [宋] 欧阳修：《越溪春·三月十三寒食日》，见傅璇琮、倪其心、孙钦善、陈新、许逸民（主编）：《全宋诗》[M]，北京：北京大学出版社，1995 年第 1 版，第 145 页。

性：“月明正在梨花上。”[1] 恰巧钱起也觉得梨花和月色很配，就敲了敲边鼓，说梨花“艳静如笼月”[2]。于是，在欧阳修的多方奔走下，在钱起的巧妙配合下，这事成了！

从此，在茫然的梨花心中，再也没有淡淡的忧伤了。梨花有明月照着，再也不理你们俗世的纷纷扰扰了！

参考文献

1. 傅璇琮、倪其心、孙钦善、陈新、许逸民（主编）：《全宋诗》[M]，北京：北京大学出版社，1995 年第 1 版。

2. [宋] 陆游：《剑南诗稿校注》[M]，钱仲联校注，上海：上海古籍出版社，1985 年第 1 版。

3. [清] 彭定求等（编纂）：《全唐诗》[M]，北京：中华书局，1980 年第 1 版。

4. 唐圭璋（编）：《全金元词》[M]，北京：中华书局，1979 年第 1 版。

5. 唐圭璋（编）：《全宋词》[M]，北京：中华书局，1965 年第 1 版。

6. [明] 许仲琳（编）：《封神演义》[M]，北京：人民文学出版社，1973 年第 1 版。

7. [金] 元好问：《元好问全集》[M]，太原：山西人民出版社，1990 年第 1 版。

---

① [宋] 欧阳修：《蝶恋花·面旋落花风荡漾》，见傅璇琮、倪其心、孙钦善、陈新、许逸民（主编）：《全宋诗》[M]，北京：北京大学出版社，1995 年第 1 版，第 126 页。

② [唐] 钱起：《梨花》，见 [清] 彭定求等（编纂）：《全唐诗》[M]，北京：中华书局，1980 年第 1 版，第 2684 页。

羹

吃饭吃的是什么，固然重要，但对有些人而言，似乎又不是那么重要。他们所看重的，并非浅表的味觉享受，而是吃饭时的心情、感受等更深层次的东西，或者干脆是和吃饭根本没有任何关系的事情。

一碗蔬菜羹，是古时较差的饮食。面对这样的一碗粗陋饮食，你如何吃、吃不吃，吃的时候是否感到可口，能不能吃饱，吃不饱时又会怎样，就能体现出很多东西，比如：道义、礼仪、欲望、友谊和人生追求，等等，是人格的真实写照。

《论语》上说，孔子即使吃粗米饭、蔬菜汤和瓜菜，饭前也要按照礼仪先分出一些来祭祀，而且严敬恭肃。这就

春秋晚期镶嵌狩猎纹豆（河洛摄于上海市博物馆）

是“虽疏食菜羹瓜，祭，必齐如也”①。这是孔子的仁者之道和君子之礼。

孟子秉持当“生”与“义”不可得兼时，要舍生而取义的思想。他说：一箪食，一豆羹，哪怕就要饿死了，如果给的时候呵斥唾骂，那饥饿的人也不愿接受。② 这是孟子的君子之义。豆并非指豆子，乃是指先秦时期的食器和礼器。

孟子说自己是孔子的私淑弟子，思想当然与之一脉相承。而荀子和孟子在哲学观念上虽然有很大不同，但在这一点上，不仅和孔子、孟子高度一致，还深刻揭示了孔子、孟子思想的内在逻辑。他说，如果离经叛道必然重视物欲，这样的人必将面临外部危险和内心恐惧，哪怕是享有万物之美亦无法满足。反之，如果心情愉悦，哪怕是粗米饭蔬菜羹，也能吃得香甜可口，即“心平愉悦……蔬食菜羹而

① 《十三经注疏》整理委员会（整理），李学勤（主编）：《论语注疏》[M]，[魏] 何晏注，[宋] 邢昺疏，朱汉民整理，张岂之审定，北京：北京大学出版社，1999 年第 1 版，第 135-136 页。

② 刘俊田、林松、禹克坤（译注）：《四书全译》[M]，贵阳：贵州人民出版社，1988 年第 1 版，第 573 页。

可以养口。[1]

荀子这话，让人深深信服。在欲望的钳制之下，哪里还能顾忌什么道义、礼仪和操守？！万物的到来，亦有其代价。哪怕是一饮一啄、口腹之欲的小小幸福感，也必得是在皎如日月的澄净襟怀之下才能获得。虚与委蛇、觥筹交错的喧哗之后，必然是连明月繁星亦无法驱散的寂寞。

晋平公就深深明白这个道理。所以，他时不时地就去拜访他的平民朋友亥唐。亥唐于名于利都无所求，晋平公只能给他敬重和友情。晋平公去亥唐家，亥唐给他吃粗米饭、蔬菜羹。平公从来没有不吃饱过，因为不敢不吃饱。[2]其实，和真正的朋友在一起，龙潭虎穴、刀山火海也不过是从容携手、相视一笑罢了。现在有粗米饭、蔬菜羹吃，那不是上天赐予的静好时光吗？那不是已经美到天上了吗，还怎么可能吃不饱呢？

但是，连蔬菜羹也吃不饱的情况下，又当如何呢？比如：孔子应楚昭王之聘往楚，被困在陈国、蔡国之间，绝粮七日，连蔬菜羹也吃不饱，而孔子弦歌不衰。[3] 这事在《说苑》《韩诗外传》《吕氏春秋》等书中都有记载。孔子自己也曾说过，“十室之邑，必有忠信如丘者焉，不如丘之

---

① ［战国］荀况：《荀子全译》［M］，蒋南华、罗书勤、杨寒清注译，贵阳：贵州人民出版社，1995 年第 1 版，第 484 页。

② 刘俊田、林松、禹克坤（译注）：《四书全译》［M］，贵阳：贵州人民出版社，1988 年第 1 版，第 549 页。

③ ［清］陈士珂（辑）：《孔子家语疏证》［M］，上海：上海书店，1987 年第 1 版，第 150 页。

好学也”[1]。孔子是真正在学习中得到乐趣的人，吃饱吃不饱的，他并不往心里去了。

说来也怪，历史上，凡是说粗米饭、蔬菜羹的，都与贤能的人物有关。比如说帝尧之德行，总是说他“粝粢之食，藜藿之羹”[2]。孙叔敖辅佐楚庄王成为春秋五霸之一，说他之俭，是“粝饼菜羹枯鱼之膳”[3]。关于曾子之义，总是说他布衣乱麻袍也不够穿，糟糠之食、藜藿之羹也吃不饱。但如果不合乎义，则上卿也辞去不做。[4] 苏轼写诗给朋友说，“寄语故山友，慎毋厌藜羹。[5]”这话听来，其实语重心长。

先贤所食的藜藿之羹、菜羹，一听就不是什么好喝的羹。但不知什么缘故，魏晋南北朝时起，有些菜羹忽然风雅起来，比如莼菜羹。

西晋灭了东吴，东吴丞相陆逊的孙子陆机到西晋出仕，文名曾轰动洛阳。他去拜访驸马王济，王济指着面前的羊酪问他，江东有比这个还好的东西吗。陆机说，千里湖的

---

① 《十三经注疏》整理委员会（整理），李学勤（主编）：《论语注疏》[M]，[魏] 何晏注，[宋] 邢昺疏，朱汉民整理，张岂之审定，北京：北京大学出版社，1999 年第 1 版，第 69 页。

② [战国] 韩非：《韩非子全译》[M]，张觉译注，贵阳：贵州人民出版社，1992 年第 1 版，第 1029 页。

③ [战国] 韩非：《韩非子全译》[M]，张觉译注，贵阳：贵州人民出版社，1992 年第 1 版，第 684 页。

④ [汉] 刘向：《说苑校证》[M]，向宗鲁校证，北京：中华书局，1987 年第 1 版，第 77 页。

⑤ [宋] 苏轼：《汤村开运盐河雨中督役》，见傅璇琮、倪其心、孙钦善、陈新、许逸民（主编）：《全宋诗》[M]，北京：北京大学出版社，1995 年第 1 版，第 9164 页。

莼菜羹，不放盐都比这个好吃。这就是所谓的“千里莼羹，未下盐豉”①。这事很有名，以致后来莼菜羹成了东吴的代表物品之一。苏轼写诗说：“若话三吴胜事，不惟千里莼羹。”② 他送朋友回故乡吴中时，也写词说：“谁怜故山归梦，千里莼羹滑。”③

莼菜羹到底有多好吃呢？好吃到让人连官都不想做了。莼菜又称“菰菜”④。西晋文学家张翰是吴郡人。吴郡，过去属东吴。他也在洛阳做官。一天秋风起了，他想起故乡的菰菜羹、鲈鱼脍，便连官也不做了，直接驾车回家了。⑤菰菜羹之味美如斯！菰菜羹、鲈鱼脍，汤、菜都有了，没有说主食是什么。陆游看到了这个漏洞，写诗解决了主食的问题。他说：“鲈肥菰脆调羹美，荞熟油新作饼香。”⑥

辛弃疾引用这个典故时，总是说“莼羹鲈鲙”。他为朋友送行，喝酒喝多了，睡到半夜醒来，起归隐之心，便赋

---

① ［南朝宋］刘义庆（编撰）：《世说新语全译》［M］，柳士镇、刘开骅译注，贵阳：贵州人民出版社，1996年第1版，第61页。

② ［宋］苏轼：《忆江南寄纯如五首其一》，见傅璇琮、倪其心、孙钦善、陈新、许逸民（主编）：《全宋诗》［M］，北京：北京大学出版社，1995年第1版，第9475页。

③ ［宋］辛弃疾：《六么令·用陆氏事，送玉山令陆德隆侍亲东归吴中》，见唐圭璋（编）：《全宋词》［M］，北京：中华书局，1965年第1版，第1877页。

④ ［南朝宋］刘义庆（编撰）：《世说新语全译》［M］，柳士镇、刘开骅译注，贵阳：贵州人民出版社，1996年第1版，第304页。

⑤ ［南朝宋］刘义庆（编撰）：《世说新语全译》［M］，柳士镇、刘开骅译注，贵阳：贵州人民出版社，1996年第1版，第303页。

⑥ ［宋］陆游：《初冬绝句》，见［宋］陆游：《剑南诗稿校注》［M］，钱仲联校注，上海：上海古籍出版社，1985年第1版，第3638页。

词说："莼羹鲈脍秋风起，问人生得意几何时？吾归矣！"①他五十四岁那年又被罢官后，在带湖修建房屋，准备养老，写词说："意倦须还，身闲贵早。岂为莼羹鲈鲙哉。"②其实，辛弃疾出生时，他的出生地山东就已沦陷。他心向南宋，年轻时就率众抗金，受到宋高宗的赏识，在南宋任职。③他一生以复国为念，却抑郁不得志，多次起归隐之思。但他的故土却在金人的控制之下，归乡无望。比起张翰，他的故土之思更令人唏嘘。所以，当他问："休说鲈鱼堪脍，尽西风，季鹰归未"④时，就大有深意了。季鹰就是张翰的字。张翰早已回乡了，但此处为什么又问"季鹰归未"。当然是因为这里还有一个无法归去的"季鹰"嘛！这真是满腹辛酸，一腔不平，无穷况味！

一碗羹，平白想到这些人、这些事，这是喧嚣浮华世界中的清凉和慰藉。原来在滚滚红尘的名利场中，终究还是有这样的人存在——其襟怀高洁俊逸，其文采占尽风流。想到这些人、这些事，便只想赶紧饱餐一顿蔬菜羹！

---

① ［宋］辛弃疾：《满江红》，见唐圭璋（编）：《全宋词》［M］，北京：中华书局，1965年第1版，第1909页。

② ［宋］辛弃疾：《沁园春·带湖新居将成》，见唐圭璋（编）：《全宋词》［M］，北京：中华书局，1965年第1版，第1868页。

③ 傅璇琮、倪其心、孙钦善、陈新、许逸民（主编）：《全宋诗》［M］，北京：北京大学出版社，1995年第1版，第29996页。

④ ［宋］辛弃疾：《水龙吟·登建康赏心亭》，见唐圭璋（编）：《全宋词》［M］，北京：中华书局，1965年第1版，第1869页。

参考文献

1. ［清］陈士珂（辑）:《孔子家语疏证》［M］，上海：上海书店，1987年第1版。

2. 傅璇琮、倪其心、孙钦善、陈新、许逸民（主编）:《全宋诗》［M］，北京：北京大学出版社，1995年第1版。

3. ［战国］韩非：《韩非子全译》［M］，张觉译注，贵阳：贵州人民出版社，1992年第1版。

4. 刘俊田、林松、禹克坤（译注）:《四书全译》［M］，贵阳：贵州人民出版社，1988年第1版。

5. ［汉］刘向：《说苑校证》［M］，向宗鲁校证，北京：中华书局，1987年第1版。

6. ［南朝宋］刘义庆（编撰）:《世说新语全译》［M］，柳士镇、刘开骅译注，贵阳：贵州人民出版社，1996年第1版。

7. ［宋］陆游：《剑南诗稿校注》［M］，钱仲联校注，上海：上海古籍出版社，1985年第1版。

8.《十三经注疏》整理委员会（整理），李学勤（主编）:《论语注疏》［M］，［魏］何晏注，［宋］邢昺疏，朱汉民整理，张岂之审定，北京：北京大学出版社，1999年第1版。

9. 唐圭璋（编）:《全宋词》［M］，北京：中华书局，1965年第1版。

10. ［战国］荀况：《荀子全译》［M］，蒋南华、罗书勤、杨寒清注译，贵阳：贵州人民出版社，1995年第1版。

茶

茶是什么？这还有什么可问的。但凡是个中国人，谁不知道茶是什么。

但细细思量，茶是什么，并不很好回答。当然是可以解渴提神的饮品。不然的话，苏轼也不会“酒困路长惟欲睡，日高人渴漫思茶”① 了。但除此之外，茶真的还是很多很多东西。比如：茶是清雅，茶是生意，茶是闲暇，茶是哲理，茶是对生活的满意和热爱，茶还是莫逆于心的友情。

茶是清雅。这是与银钱相对而言。古人认为，文人高士之间的交往，茶是清雅的礼物，可以愉快地收下而不怕有损令誉。唐德宗时期，宰相陆贽刚入仕不久即被免官。

① ［宋］苏轼：《浣溪沙·簌簌衣巾落枣花》，见唐圭璋（编）：《全宋词》［M］，北京：中华书局，1965年第1版，第316页。

他去拜访寿州刺史张镒，二人遂结莫逆之交。临别时，张镒赠钱百万，陆贽不受，只收了一串新茶。① 之所以是一串新茶，是因为唐朝时有一种茶叶是茶饼。茶饼制作成形后，要像冰糖葫芦一样串起来焙干、包装好，就算是成品了，称为一串新茶。白居易住在渭水边的渭村时，好朋友萧员外曾寄给他新蜀茶。白居易收到新茶很高兴，马上烹茶喝了，还写诗说："蜀茶寄到但惊新，渭水煎来始觉珍。"② 后来有一天，好朋友李幼清又寄给他蜀中新茶。那天白居易病了，收到新茶很高兴，马上烹茶喝了，又写诗说："故情周匝向交亲，新茗分张及病身。"③ 刘克庄病中也收到了好友寄来的茶，但并没有白居易那么高兴，略带伤感地写诗说："自怜老病诗情减，纵寄茶来不合尝。"④ 大约是病得有点重，不宜饮茶。

茶是生意。白居易作《琵琶引》说："商人重利轻别离，前月浮梁买茶去。"⑤ 商人买茶，当然不是为了品茶，而是为了利。所以，茶毫无疑问是一门生意。

茶是闲暇。忙碌的人，一口饭都没工夫吃，渴了必定

---

① ［宋］欧阳修、宋祁：《新唐书》［M］，北京：中华书局，1975 年第 1 版，第 4911 页。

② ［唐］白居易：《萧员外寄新蜀茶》，见［清］彭定求等（编纂）：《全唐诗》［M］，北京：中华书局，1980 年第 1 版，第 4852 页。

③ ［唐］白居易：《谢李六郎中寄新蜀茶》，见［清］彭定求等（编纂）：《全唐诗》［M］，北京：中华书局，1980 年第 1 版，第 4893 页。

④ ［宋］刘克庄：《送林若山博赴建粹》，见傅璇琮、倪其心、孙钦善、陈新、许逸民（主编）：《全宋诗》［M］，北京：北京大学出版社，1995 年第 1 版，第 36644 页。

⑤ ［唐］白居易：《琵琶引》，见［清］彭定求等（编纂）：《全唐诗》［M］，北京：中华书局，1980 年第 1 版，第 4822 页。

是牛饮，哪里有工夫品茶？只有那些空怀报国雄心却不被朝廷重用的人，才有闲工夫品茶。比如陆游，他主张北伐，而权臣主张偏安，陆游多次被罢官，大白天没事就练练书法、喝喝茶，说是“矮纸斜行闲作草，晴窗细乳戏分茶”①。陆游所说的分茶，可不仅仅是把烹好的茶平均分到茶瓯之中，而是运用茶匙或茶筅，将茶汤表面的茶沫制成文字或图案。大约有点像今天的咖啡拉花。话说不这样折腾，也消磨不了时间啊！又或者是老了，别的什么事也干不了了，就喝喝茶。比如：辛弃疾老了，看到春天也觉得头晕目眩，如同宿酒难醒，也就只能是点炷香、喝杯茶，来消磨消磨春日时光了。他说：“老去逢春如病酒，唯有，茶瓯香篆小帘栊。”②

茶是哲理。茶，得看什么人喝。普通人是解渴而已；文人喝出些诗情画意；要是哲人，就能喝出哲理了。比如：朱熹，他喝个茶，却品出了人生哲理：“茶本苦物，吃过却甘……如始于忧勤，终于逸乐，理而后和。”③ 这个和《孟子》所说的“生于忧患，死于安乐”④，是一脉相承的

---

① ［宋］陆游：《临安春雨初霁》，见［宋］陆游：《剑南诗稿校注》［M］，钱仲联校注，上海：上海古籍出版社，1985年第1版，第1347页。

② ［宋］辛弃疾：《定风波·暮春漫兴》，见唐圭璋（编）：《全宋词》［M］，北京：中华书局，1965年第1版，第1880页。

③ ［宋］朱熹：《朱子全书》［M］，朱杰人、严佐之、刘永翔（主编），上海：上海古籍出版社，合肥：安徽教育出版社，2002年第1版，第4284页。

④ 《十三经注疏》整理委员会（整理），李学勤（主编）：《孟子注疏》［M］，［汉］赵岐注，［宋］孙奭疏，廖明春、刘佑平整理，钱逊审定，北京：北京大学出版社，1999年第1版，第347页。

道理。

茶是对生活的满意和热爱。南宋政局不靖，陆游仕途多舛，壮怀抑郁难平。但总的来说，陆游大人是个热爱生活的人。他身体又好，常常感觉茶饭香甜，即使暮年贫困，也不觉得苦。所以，他常说："眼明身健何妨老，饭白茶甘不觉贫。"① 要么他就说："幸眼明身健，茶甘饭软。"② 这话一听，就是幸福生活啊！朱敦儒，就是自称"我是清都山水郎，天教分付与疏狂③"的那位。他比陆游还直白，并在陆游的吃饱喝足之上又加了一条——上床睡觉。他说："饭饱茶香，瞌睡之时便上床。"④ 这生活，怕是让人人艳羡！反过来，若真是不想活了，比如那些害了相思病的人，就只能是"不茶不饭，不言不语，一味供他憔悴"⑤ 了。

茶是莫逆于心的友情。杜耒写《寒夜》说："寒夜客来茶当酒，竹炉汤沸火初红。寻常一样窗前月，才有梅花便不同。"⑥ 这诗有趣得很，深情得很，亦含蓄得很。寒夜

---

① ［宋］陆游：《书喜》，见［宋］陆游：《剑南诗稿校注》［M］，钱仲联校注，上海：上海古籍出版社，1985年第1版，第1347页。第2532页。

② ［宋］陆游：《沁园春·孤鹤归飞》，见唐圭璋（编）：《全宋词》［M］，北京：中华书局，1965年第1版，第1587页。

③ ［宋］朱敦儒：《鹧鸪天·西都作》，见唐圭璋（编）：《全宋词》［M］，北京：中华书局，1965年第1版，第843页。

④ ［宋］朱敦儒：《减字木兰花·有何不可》，见唐圭璋（编）：《全宋词》［M］，北京：中华书局，1965年第1版，第859页。

⑤ ［宋］蜀妓：《鹊桥仙·说盟说誓》，见唐圭璋（编）：《全宋词》［M］，北京：中华书局，1965年第1版，第1603页。

⑥ ［宋］杜耒：《寒夜》，见傅璇琮、倪其心、孙钦善、陈新、许逸民（主编）：《全宋诗》［M］，北京：北京大学出版社，1995年第1版，第33637页。

不辞冰雪而来，为的是你的一碗茶吗？火初红，热的仅仅是茶汤吗？寻常的窗前月，是因为梅花而不同吗？当然都是，但又都不完全是。那真相是什么呢？寒夜而来，为的是一个人；火初红，热的是两颗心；窗前月，映的是一份情。所以，这杯茶，怕是比酒还要醉人也未可知。

反过来，要是没有了相知旧友，那还喝个什么茶呢？无非是独自寂寞而已。比如：陆游五十多岁从四川回到故乡，已觉物是人非，就深有感触地说："交亲零落如云。"①后来，陆游七十九岁那年致仕，回到故乡山阴养老。

南宋国势动荡，民多离苦，像陆游那样高寿的人少见。他的老友在世的当然就更少了。所以，他很难过，遂赋诗曰："叹息老来交旧尽，睡来谁共午瓯茶。"②

参考文献

1. 傅璇琮、倪其心、孙钦善、陈新、许逸民（主编）：《全宋诗》[M]，北京：北京大学出版社，1995 年第 1 版。

2. [宋] 陆游：《剑南诗稿校注》[M]，钱仲联校注，上海：上海古籍出版社，1985 年第 1 版。

3. [宋] 欧阳修、宋祁：《新唐书》[M]，北京：中华书局，1975 年第 1 版。

---

① [宋] 陆游：《沁园春·孤鹤归飞》，见唐圭璋（编）：《全宋词》[M]，北京：中华书局，1965 年第 1 版，第 1587 页。

② [宋] 陆游：《幽居初夏》，见 [宋] 陆游：《剑南诗稿校注》[M]，钱仲联校注，上海：上海古籍出版社，1985 年第 1 版，第 2251 页。

4. ［清］彭定求等（编纂）：《全唐诗》［M］，北京：中华书局，1980年第1版。

5.《十三经注疏》整理委员会（整理），李学勤（主编）：《孟子注疏》［M］，［汉］赵岐注，［宋］孙奭疏，廖明春、刘佑平整理，钱逊审定，北京：北京大学出版社，1999年第1版。

6. 唐圭璋（编）：《全宋词》［M］，北京：中华书局，1965年第1版。

7. ［宋］朱熹：《朱子全书》［M］，朱杰人、严佐之、刘永翔主编，上海：上海古籍出版社，合肥：安徽教育出版社，2002年第1版。

筷 子

筷子，稀松平常得很，但也有趣得很。一双筷子，能让人产生丰富联想。有人看见别人的筷子，把自己吓坏了；有人自己拿起筷子吃饭，却被别人吓坏了；有人拿起筷子，吃什么都香；有人拿起筷子，却吃不下饭。有人拿起筷子不吃饭，干什么呢？敲盘子，敲碗！还有些筷子，根本不能用来吃饭！

先说那看见别人的筷子，把自己吓坏的人。那人是箕子，孔子说他是殷末三贤之一。就是周武王灭纣之后，把治国的洪范之道传给武王的那个人，也是后来看到旧时殷商宫殿废墟上长满了黍苗而悲泣的那个人。他很厉害，提前五年知道了殷商即将覆亡，仅仅因为他看到了纣王的象牙筷子。《韩非子》说，箕子的推理是这样的：象牙筷子肯定不会伸到陶碗里去，一定是角杯或玉杯；玉杯里肯定不会盛放豆叶汤，一定是豹胎之类的汤……所以，箕子就预见到了殷之丧亡：“象箸必不加于土铏，必将犀玉之杯；象箸玉杯必不羹菽藿，则必旄象豹胎……”[①] 韩非子是哲学家，说话重视推理和逻辑；至于语言文字如何，倒在其次了，或许并不一定十分放在心上。杜甫谈及杨贵妃的姐妹们春游时所使用的餐具和饮食时，说：“紫驼之峰出翠釜，水晶之盘行素鳞。犀箸厌饫久未下，鸾刀缕切空纷纶。”[②] 你看，现实派的诗人更重视语言文字的客观描述。至于这事能推导出什么，只能靠你自己猜想去了。《红楼梦》里面的筷子也不少，象牙的、乌木三镶银的、四楞象牙镶金的。可见是太奢了些，并非福寿绵长之兆。你看人家白居易和朋友一起吃饭，用的碗筷是“白瓯青竹箸，俭洁无膻腥”[③]。所以，白居易快快乐乐地活到了七十多岁。这在唐时，也算是高寿的了。

有人自己拿起筷子吃饭，却被别人吓坏了。这当然说的是刘备。他和曹操一起喝酒吃饭，曹操说：“今天下英雄，惟使君与操耳。”[④] 刘备听到这话，吓得把筷子都弄掉了，只得推说，刚才打雷的威力真大，把我吓得筷子都

---

① ［战国］韩非：《韩非子全译》［M］，张觉译注，贵阳：贵州人民出版社，1992 年第 1 版，第 344-345 页。

② ［唐］杜甫：《丽人行》，见［清］彭定求等（编纂）：《全唐诗》［M］，北京：中华书局，1980 年第 1 版，第 336 页。

③ ［唐］白居易：《过李生》，见［清］彭定求等（编纂）：《全唐诗》［M］，北京：中华书局，1980 年第 1 版，第 4745 页。

④ ［晋］陈寿：《三国志》［M］，［宋］裴松之注，北京：中华书局，1999 年第 1 版，第 652 页。

掉了。[1]

拿起筷子吃什么都香的人，说的就是白居易。他说："庖童呼我食，饭热鱼鲜香。箸箸适我口，匙匙充我肠。"[2] 这话一听，就知他是个有福的人。要说陆游也算洒脱豁达的人了，说过很多"春韭秋菘"之类的话。他还说："三亩青蔬了盘箸，一缸浊酒具杯觞。"[3] 可是，这话怎么听也觉得他好像有心事没放下似的，吃饭没有白居易吃得香。当然，没有肉，可能也是导致不快乐的原因之一。

但是，有肉也不一定就吃得欢乐。面对价值万钱的宴席，拿起筷子却吃不下饭的人多了去了。李白就是一个，他说："金樽清酒斗十千，玉盘珍羞直万钱。停杯投箸不能食，拔剑四顾心茫然。"[4] 李白吃不下的原因是心里有事，思多伤脾，妨了胃口。但也有人纯属就是因为太奢侈、太挑剔，好东西吃得多了，以至于没啥能引起他的兴趣了。比如：西晋的开国元勋何曾身处高位，家里又有钱，平时闺门整肃，不爱声乐嬖幸，唯一的讲究就是饮食。讲究到什么程度呢？他和晋武帝一起吃饭，不吃宫里准备的酒宴，

---

① ［晋］陈寿：《三国志》［M］，［宋］裴松之注，北京：中华书局，1999 年第 1 版，第 652 页。

② ［唐］白居易：《饱食闲坐》，见［清］彭定求等（编纂）：《全唐诗》［M］，北京：中华书局，1980 年第 1 版，第 5122 页。

③ ［宋］陆游：《村居酒熟偶无肉食煮菜羹饮酒》，见［宋］陆游：《剑南诗稿校注》［M］，钱仲联校注，上海：上海古籍出版社，1985 年第 1 版，第 1080 页。

④ ［唐］李白：《行路难》，见［清］彭定求等（编纂）：《全唐诗》［M］，北京：中华书局，1980 年第 1 版，第 1684 页。

要从自家送饭来吃。每天光吃饭要花近万钱，还说无下箸处。[①] 元稹少年英才，十六岁那年就曾写诗说："万钱才下箸，五酘未称醇。"[②] 说的就是这个事。这诗写的，可谓工整至极，又可谓洒脱豪迈，但少了一个情字，算不得多打动人。后来，元稹和白居易成为知交后又分处两地七年，两人写诗唱和。有一天，元稹又把新写的四十三首诗寄给白居易，请他续和。白居易计算了一下，两人多年来相互唱和的诗已千余首。就这方面来说，白居易认为："今天下英雄，惟使君与操耳。"[③] 于是，写诗和元稹诗，劝他不要因为思念故友而废了饮食："莫空文举酒，强下何曾箸。"[④] 这就有情多了。意思是说：知道你因为思念我，哪怕是万钱的酒宴也难以下咽。但是，请你千万要保重自己！这话听来，很有点一弹再三叹的感觉。所以，元稹以白居易为知己，不是没有道理的。

拿起筷子不吃饭，敲盘子、敲碗的人是音乐人。《隋书》上记载，万宝常妙达钟律，遍工八音。和人吃饭时，说起音乐，手边没有乐器，他就直接用筷子敲盘子、碗或

---

① ［唐］房玄龄等：《晋书》［M］，北京：中华书局，1974 年第 1 版，第 997–998 页。

② ［唐］元稹：《代曲江老人百韵》，见［清］彭定求等（编纂）：《全唐诗》［M］，北京：中华书局，1980 年第 1 版，第 4516 页。

③ ［清］彭定求等（编纂）：《全唐诗》［M］，北京：中华书局，1980 年第 1 版，第 4982 页。

④ ［唐］白居易：《和微之诗二十三首·和三月三十日四十韵》，见［清］彭定求等（编纂）：《全唐诗》［M］，北京：中华书局，1980 年第 1 版，第 4985 页。

其他什么东西，来品其高下，大为时人所赏。①

其实，不光是音乐人，有时诗人诗兴大发，也敲盘子，敲碗。白居易就为刘禹锡这样做过。刘禹锡家人丁兴旺，排行第二十八。但他官运不济，一再被贬。白居易为了劝慰他，特意请他喝酒，还写了一首诗说："为我引杯添酒饮，与君把箸击盘歌。"② 不管是音乐人还是诗人，反正都是文艺那一挂的。话说刘禹锡虽然官运蹉跎，但凭着一首《陋室铭》而名垂千古。若泉下有知，也当足慰平生了。

不能用来吃饭的筷子，当然就是玉箸了。文人无聊，非说美人的眼泪是玉箸！关于玉箸的诗，多流于轻率。倒是有位大美人薛涛，就是做薛涛笺的那位，所写的"玉箸垂朝镜，春风知不知"③，读来动人心肠。薛涛诗中所说的"春风"到底是谁呢？大概率是元稹吧。

参考文献

1. ［晋］陈寿：《三国志》［M］，［宋］裴松之注，北京：中华书局，1999 年第 1 版。

2. ［唐］房玄龄等：《晋书》［M］，北京：中华书局，1974 年第 1 版。

3. ［战国］韩非：《韩非子全译》［M］，张觉译注，贵阳：贵州人民出

① ［唐］魏征等：《隋书》［M］，北京：中华书局，1973 年第 1 版，第 1784 页。

② ［唐］白居易：《醉赠刘二十八使君》，见［清］彭定求等（编纂）：《全唐诗》［M］，北京：中华书局，1980 年第 1 版，第 5038 页。

③ ［唐］薛涛：《春望词四首》，见［清］彭定求等（编纂）：《全唐诗》［M］，北京：中华书局，1980 年第 1 版，第 9035 页。

版社，1992 年第 1 版。

4. ［宋］陆游：《剑南诗稿校注》［M］，钱仲联校注，上海：上海古籍出版社，1985 年第 1 版。

5. ［清］彭定求等（编纂）：《全唐诗》［M］，北京：中华书局，1980 年第 1 版。

6. ［唐］魏征等：《隋书》［M］，北京：中华书局，1973 年第 1 版。

饱

广东省博物馆里有一只碗，上面有一个“饱”字。这真是最朴实的一只碗了。吃饭嘛，不想着吃饱，难道还要总想着风花雪月不成。虽然很多博物馆里确实有很多碗上写着“风、花、雪、月”四个字，其实很令人不解。还让不让人好好吃饭了。

但是，也确实有人吃饭时没想着吃饱的。他们主要是想其他的事情了，比如：想想个人发展，想想别人感受，想想俭朴，想想道义，再想想养生。

很多人认为，从个人发展角度看，吃饭还是不要吃饱了，比如，孔夫子。他就很重视吃饭不要吃饱这事。平时没什么事的话，他就说：“君子食无求饱，居无求安。”①

---

① 《十三经注疏》整理委员会（整理），李学勤（主编）：《论语注疏》［M］，［魏］何晏注，［宋］邢昺疏，朱汉民整理，张岂之审定，北京：北京大学出版社，1999年第1版，第11页。

宋代青瓷碗（河洛摄于广东省博物馆）

他重视的，是人要做事敏捷、言语谨慎、勤学好问，即“敏于事而慎于言，就有道而正焉”①。你若是非要吃饱不可，夫子也未必反对。他其实真正反对的，是饱食终日、无所事事。哪怕你吃饱了饭没事干下个棋，夫子就觉得好很多。反正无论如何，夫子认为，还是不要总想着吃饱为好，没事应该想想如何上进。所以，他最终成了大思想家、大教育家，为万世之师表。

夫子的这番话，应该放在心上仔细掂量，尤其是那些肩负重任的人。饱能带给人以巨大的满足感，而满足感是意志的腐蚀剂。人必得主动抗拒。否则，轻则一事无成，重则失身失国。比如：齐桓公半夜饿了，易牙就煎炒烹炸，调合五味。桓公吃饱了，一觉深沉，天亮还不醒。他说：

① 《十三经注疏》整理委员会（整理），李学勤（主编）：《论语注疏》[M]，[魏] 何晏注，[宋] 邢昺疏，朱汉民整理，张岂之审定，北京：北京大学出版社，1999年第1版，第11页。

后世一定有因为爱吃而亡国的。[①] 其实，他想错了。没等到后世，就齐桓公本人，就因为贪恋美味，而被易牙所蒙蔽。最终被易牙困在宫中，活活饿死。爱吃，其实和好色、贪财一样，都是弱点，都能招致杀身之祸。

在是否要吃饱这方面，孟子和孔夫子的观念完全一致。他认为，如果吃得饱、穿得暖、住得安逸，却没有教化，那就如同禽兽了，即“饱食、暖衣、逸居而无教，则近于禽兽”[②]。

圣人们从照顾别人感受的角度出发，也认为还是不要吃饱了。比如：《礼记》说，“共食不饱”。意思是，和大家一个饭盆里吃饭，别只顾自己吃饱[③]。如果是有什么特殊事情发生，比如吃饭时旁边有人戴孝，那就更不能吃饱了。所以，《论语》有记载：“子食于有丧者之侧，未尝饱也。”[④]

有人重视俭朴，觉得吃饱不重要。比如：晏子是春秋时期齐国的上大夫，历任齐灵公、齐庄公、齐景公三代君

---

① 王守谦、喻芳葵、王凤春、李烨（译注）：《战国策全译》[M]，贵阳：贵州人民出版社，1992年第1版，第728页。

② 《十三经注疏》整理委员会（整理），李学勤（主编）：《孟子注疏》[M]，[汉] 赵岐注，[宋] 孙奭疏，廖明春、刘佑平整理，钱逊审定，北京：北京大学出版社，1999年第1版，第146页。

③ 《十三经注疏》整理委员会（整理），李学勤（主编）：《礼记正义》[M]，[汉] 郑玄注，[唐] 孔颖达疏，龚抗云整理，王文锦审定，北京：北京大学出版社，1999年第1版，第61页。

④ [清] 刘宝楠：《论语正义》[M]，高流水点校，北京：中华书局，1990年第1版，第260页。

主。按照古时的列鼎制度，他可以使用五鼎，即盛放五种肉食的器皿。但《晏子春秋》记载，他自己穿衣用粗疏之布，吃饭用俭朴之食，穿暖吃饱大约还是可以的。但吃饭时临时来了客人，要和客人分食的话，他就吃不饱了。当然，客人也没有吃饱。①

有人出于道义的考虑，宁愿选择不吃饱。比如：曾子家贫，平时连布衣乱麻袍也不够穿，吃饭连糟糠之食、粗菜羹也吃不饱。但是，如果不合道义的话，他连上卿也辞去不做。② 再比如：伯夷叔齐耻食周粟，采薇而食，终于饿死在首阳山。伏生，就是那位秦时焚书时，于壁中藏《尚书》、世传今文《尚书》皆出于他的那位西汉经学大家。③ 更始元年（公元 23 年），他的九世孙伏湛被任命为平原太守。当时天下烽烟四起，民不聊生。伏湛觉得，百姓都挨饿，自己不能独饱。于是，他开始吃粗粮，并用俸禄赈济乡邻。如此之下，来他家吃饭的有一百多家。④

还有人从养生的角度，认为不能吃饱。这些人主要是医家们。他们认为，吃得太饱的话，容易引起各种病症。另外，还有些医疗手段，比如针灸和艾灸等，都不能在吃

---

① 李万寿（译注）:《晏子春秋全译》[M]，贵阳：贵州人民出版社，1993 年第 1 版，第 307-308 页。

② ［汉］刘向:《说苑校证》[M]，向宗鲁校证，北京：中华书局，1987 年第 1 版，第 77 页。

③ ［宋］范晔:《后汉书》[M]，［唐］李贤等注，北京：中华书局，1999 年版，第 597 页。

④ ［宋］范晔:《后汉书》[M]，［唐］李贤等注，北京：中华书局，1999 年版，第 597 页。

饱的情况下施行。所以，他们都支持平时不要吃得太饱的观点。

但是，圣贤们又认为，有时又必须吃饱。孟子认为，和朋友的交往，不应当有所倚仗，交往是靠品德。比如：春秋时期晋国国君晋平公和亥唐是好朋友。他去拜访亥唐时，虽然是粗饭菜羹，也从来没有不吃饱的。大概因为不敢不吃饱吧。① 这里的必须吃饱，是怕朋友感觉受到嫌弃，是从更深层面上照顾朋友的感受。

孟子所说晋平公和亥唐的故事，只是单方面体现了晋平公的修养，没有体现亥唐的作为。孔夫子本人，也曾有在朋友家吃饭吃得很饱的经历。他说，他在少施氏家吃饭能吃得很饱，因为少施氏有礼。② 这个经历就更有意思了，体现了主客双方面的涵养。这个故事是晋平公、亥唐故事的升级版了。它体现出了礼需要双方共同的恪守，而礼的终极内涵，也不过是照顾对方感受罢了。

在主人以礼相待而使宾客尽欢这事上，先贤们有过多次美好的经历。李白有一次路过山东汶上，那里有一位小吏大概对李白十分仰慕。于是，他带了一斗酒和两条鱼，去拜访李白。李白感动于他的豪气和意气，饱餐了一顿。

---

① 刘俊田、林松、禹克坤（译注）：《四书全译》[M]，贵阳：贵州人民出版社，1988 年第 1 版，第 549 页。

② 《十三经注疏》整理委员会（整理），李学勤（主编）：《礼记正义》[M]，[汉] 郑玄注，[唐] 孔颖达疏，龚抗云整理，王文锦审定，北京：北京大学出版社，1999 年第 1 版，第 1232 页。

写诗说：“为君下箸一餐饱，醉著金鞍上马归。”① 李白还曾受到朋友的盛情邀请，到谯郡去游玩，并在那里受到了热情款待。他回忆那段欢乐的往事，写诗说：“琼杯绮食青玉案，使我醉饱无归心。”②

杜甫大病初愈，去拜访一位对他一向多有照拂的朋友王倚。王倚惊讶于杜甫的面色枯黄、形容憔悴，又心疼于杜甫害了一秋的疟疾，寒热交攻，身体尚未复原。于是，他精心为杜甫准备了酒饭调养。杜甫感动之余，写诗说：“但使残年饱吃饭，只愿无事常相见。”③

圣贤们所说的不吃饱，看了让人钦佩敬仰，心情激荡，心向往之。而孔子、孟子和李白、杜甫的这些吃饱，又令人温暖而心醉，谦谦君子之风亦令人企慕神往。以此想来，广东省博物馆里那碗上的一个“饱”字，其实竟是大雅无工了。它并非让你端着碗只想着吃饱而已，而是时时提醒你，该不该吃饱，能不能吃饱，又敢不敢不吃饱，又该怎样让别人吃饱。难怪！这样的一个碗，乍看拙朴有趣，竟然也可以放在博物馆里！且为广东省博物馆浮一大白！

① ［唐］李白：《酬中都小吏携斗酒双鱼于逆旅见赠》，见［清］彭定求等（编纂）：《全唐诗》[M]，北京：中华书局，1980 年第 1 版第 1815 页。

② ［唐］李白：《忆旧游寄谯郡元参军》，见［清］彭定求等（编纂）：《全唐诗》[M]，北京：中华书局，1980 年第 1 版第 1771 页。

③ ［唐］杜甫：《病后遇王倚饮赠歌》，见［清］彭定求等（编纂）：《全唐诗》[M]，北京：中华书局，1980 年第 1 版第 2280 页。

参考文献

1. ［宋］范晔：《后汉书》［M］，［唐］李贤等注，北京：中华书局，1999年版。

2. 李万寿（译注）：《晏子春秋全译》［M］，贵阳：贵州人民出版社，1993年第1版。

3. ［清］刘宝楠：《论语正义》［M］，高流水点校，北京：中华书局，1990年第1版。

4. 刘俊田、林松、禹克坤（译注）：《四书全译》［M］，贵阳：贵州人民出版社，1988年第1版。

5. ［清］彭定求等（编纂）：《全唐诗》［M］，北京：中华书局，1980年第1版。

6. 《十三经注疏》整理委员会（整理），李学勤（主编）：《论语注疏》［M］，［魏］何晏注，［宋］邢昺疏，朱汉民整理，张岂之审定，北京：北京大学出版社，1999年第1版。

7. 《十三经注疏》整理委员会（整理），李学勤（主编）：《孟子注疏》［M］，［汉］赵岐注，［宋］孙奭疏，廖明春、刘佑平整理，钱逊审定，北京：北京大学出版社，1999年第1版。

8. 《十三经注疏》整理委员会（整理），李学勤（主编）：《礼记正义》［M］，［汉］郑玄注，［唐］孔颖达疏，龚抗云整理，王文锦审定，北京：北京大学出版社，1999年第1版。

9. 王守谦、喻芳葵、王凤春、李烨（译注）：《战国策全译》［M］，贵阳：贵州人民出版社，1992年第1版。

总参考文献

1. ［汉］班固：《汉书》［M］，［唐］颜师古注，北京：中华书局，1999 年版。

2. ［魏］曹植：《曹植集校注》［M］，赵幼文校注，北京：人民文学出版社，1984 年第 1 版。

3. ［清］陈立：《白虎通疏证》［M］，吴则虞点校，北京：中华书局，1994 年第 1 版。

4. ［清］陈士珂（辑）：《孔子家语疏证》［M］，上海：上海书店，1987 年第 1 版。

5. ［晋］陈寿：《三国志》［M］，［宋］裴松之注，北京：中华书局，1999 年第 1 版。

6. ［汉］董仲舒：《春秋繁露》［M］，［清］凌曙注，北京：中华书局，1975 年第 1 版。

7. ［宋］范晔：《后汉书》［M］，［唐］李贤等注，北京：中华书局，1999 年版。

8. ［唐］房玄龄等：《晋书》［M］，北京：中华书局，1974 年第 1 版。

9. 傅璇琮、倪其心、孙钦善、陈新、许逸民（主编）：《全宋诗》［M］，北京：北京大学出版社，1995 年第 1 版。

10. ［晋］葛洪（辑）：《西京杂记全译》［M］，成林、程章灿译注，贵阳：贵州人民出版社，1993 年第 1 版。

11. ［清］顾嗣立（编）：《元诗选》［M］，北京：中华书局，1987年第1版。

12. ［宋］郭茂倩（编）：《乐府诗集》［M］，北京：中华书局，1979年版。

13. ［清］郭庆藩：《庄子集释》［M］，王孝鱼点校，北京：中华书局，1961年第1版。

14. 邯郸市文物保管所、邯郸地区磁山考古队短训班：河北磁山新石器遗址试掘［J］，《考古》，1977年第6期，第361-372页。

15. ［战国］韩非：《韩非子全译》［M］，张觉译注，贵阳：贵州人民出版社，1992年第1版。

16. ［汉］韩婴：《韩诗外传集释》［M］，许维遹校释，北京：中华书局，1980年第1版。

17. 河北省文物管理处、邯郸市文物保管所：河北武安磁山遗址［J］，《考古学报》，1981年第3期，第303-338页。

18. 何林天（校注）：《重订新校王子安集》［M］，太原：山西人民出版社，1990年第1版。

19. ［宋］洪兴祖：《楚辞补注》［M］，北京：中华书局，1983年版。

20. 黄晖：《论衡校释》［M］，刘盼遂集解，北京：中华书局，2006年第1版。

21. 黄叔琳（注），李详（补注）：《增订文心雕龙校注》［M］，杨明照校注拾遗，北京：中华书局，2000年第1版。

22. 黄永堂（译注）：《国语全译》［M］，贵阳：贵州人民出版社，1995年第1版。

23. 黄占斌、张锡梅：黄土高原地区粮食生产和布局中几个问题的初步分析［J］，《资源科学》，1991年第2期，第62-68页。

24. ［汉］贾谊：《新书校注》［M］，阎振益、钟夏校注，北京：中华书局，2000年第1版。

25. ［清］焦循：《孟子正义》［M］，沈文倬点校，北京：中华书局，1987年第1版。

26. 黎翔凤：《管子校注》［M］，梁运华整理，北京：中华书局，2004年第1版。

27. ［宋］李昉等：《太平御览》［M］，夏剑钦等校点，石家庄：河北教育出版社，1994 年第 1 版。

28. ［清］李道平：《周易集解纂疏》［M］，潘雨廷点校，北京：中华书局，1994 年第 1 版。

29. 李国强：北方距今八千年前后粟、黍的传播及磁山遗址在太行山东线的中转特征［J］，《南方文物》，2018 年第 1 期，第 229-251 页。

30. 李万寿（译注）：《晏子春秋全译》［M］，贵阳：贵州人民出版社，1993 年第 1 版。

31. ［唐］李延寿：《南史》［M］，北京：中华书局，1975 年第 1 版。

32. ［清］李渔：《闲情偶寄》［M］，叶定国注释，北京：中国商业出版社，1984 年第 1 版。

33. 梁实秋：《雅舍谈吃》［M］，北京：文化艺术出版社，1998 年第 1 版。

34. 林家骊（译注）：《楚辞》［M］，北京：中华书局，2009 年第 1 版。

35. ［汉］刘安等（编著）：《淮南子》［M］，［汉］高诱注，［清］莊逵吉校刊，上海：上海古籍出版社，1989 年第 1 版。

36. ［汉］刘安：《淮南子全译》［M］，许匡一译注，贵阳：贵州人民出版社，1993 年第 1 版。

37. ［清］刘宝楠：《论语正义》［M］，高流水点校，北京：中华书局，1990 年第 1 版。

38. 刘俊田、林松、禹克坤（译注）：《四书全译》［M］，贵阳：贵州人民出版社，1988 年第 1 版。

39. ［汉］刘向：《新序全译》［M］，李华年译注，贵阳：贵州人民出版社，1994 年第 1 版。

40. ［汉］刘向：《说苑校证》［M］，向宗鲁校证，北京：中华书局，1987 年第 1 版。

41. ［南朝宋］刘义庆（编撰）：《世说新语全译》［M］，柳士镇、刘开骅译注，贵阳：贵州人民出版社，1996 年第 1 版。

42. 逯钦立（辑校）：《先秦汉魏晋南北朝诗》［M］，北京：中华书局，1988 年版。

43. ［宋］陆游：《老学菴笔记》［M］，李剑雄、刘德权点校，北京：中华书局，1979年第1版。

44. ［宋］陆游：《剑南诗稿校注》［M］，钱仲联校注，上海：上海古籍出版社，1985年第1版。

45. ［战国］吕不韦门客（编撰）：《吕氏春秋全译》［M］，关贤柱、廖进碧、钟雪丽译注，贵阳：贵州人民出版社，1997年第1版。

46. 吕厚远、李玉梅、张健平、杨晓燕、叶茂林、李泉、王灿、吴乃琴：《青海喇家遗址出土4000年前面条的成分分析与复制》，《科学通报》2015年，第60卷，第8期，第744-756页。

47. 吕友仁、吕咏梅（译注）：《礼记全译·孝经全译》［M］，贵阳：贵州人民出版社，1998年第1版。

48. 马继兴（主编）：《神农本草经辑注》［M］，谢海洲、尚志钧副主编，北京：人民卫生出版社，2013年第1版。

49. ［宋］欧阳修、宋祁：《新唐书》［M］，北京：中华书局，1975年第1版。

50. ［清］彭定求等（编纂）：《全唐诗》［M］，北京：中华书局，1980年第1版。

51. 齐思和、刘启戈、聂崇岐、翦伯赞（编著）：《中外历史年表》［M］，北京：生活·读书·新知三联书店，1958年第1版。

52. 《十三经注疏》整理委员会（整理），李学勤（主编）：《春秋公羊传注疏》［M］，［汉］公羊寿注，［汉］何休解诂，［唐］徐彦疏，浦卫忠整理，杨向奎审定，北京：北京大学出版社，1999年第1版。

53. 《十三经注疏》整理委员会（整理），李学勤（主编）：《尔雅注疏》［M］，［晋］郭璞注，［宋］邢昺疏，李传书整理，徐朝华审定，北京：北京大学出版社，1999年第1版。

54. 《十三经注疏》整理委员会（整理），李学勤（主编）：《论语注疏》［M］，［魏］何晏注，［宋］邢昺疏，朱汉民整理，张岂之审定，北京：北京大学出版社，1999年第1版。

55. 《十三经注疏》整理委员会（整理），李学勤（主编）：《毛诗正义》［M］，［汉］毛亨传，［汉］郑玄笺，［唐］孔颖达疏，龚抗云等整理，刘家和审定，北京：北京大学出版社，1999年第1版。

56. 《十三经注疏》整理委员会（整理），李学勤（主编）：《孟子注疏》［M］，［汉］赵岐注，［宋］孙奭疏，廖明春、刘佑平整理，钱逊审定，北京：北京大学出版社，1999 年第 1 版。

57.《十三经注疏》整理委员会（整理），李学勤（主编）：《仪礼注疏》[M]，[汉] 郑玄注，[唐] 贾公彦疏，彭林整理，王文锦审定，北京：北京大学出版社，1999 年第 1 版。

58.《十三经注疏》整理委员会（整理），李学勤（主编）：《周礼注疏》[M]，[汉] 郑玄注，[唐] 贾公彦疏，赵伯雄整理，王文锦审定，北京：北京大学出版社，1999 年第 1 版。

59.《十三经注疏》整理委员会（整理），李学勤（主编）：《礼记正义》[M]，[汉] 郑玄注，[唐] 孔颖达疏，龚抗云整理，王文锦审定，北京：北京大学出版社，1999 年第 1 版。

60.《十三经注疏》整理委员会（整理），李学勤（主编）：《春秋左传正义》[M]，[周] 左丘明传，[晋] 杜预注，[唐] 孔颖达正义，浦卫忠等整理，杨向奎审定，北京：北京大学出版社，1999 年第 1 版。

61. [宋] 释惠洪：《冷斋夜话》，见 [清] 永瑢、纪昀等（编）：《钦定四库全书·子部·冷斋夜话》[M]，1781 年版。

62. [汉] 司马迁：《史记》[M]，[宋] 裴骃集解、[唐] 司马贞索隐、[唐] 张守节正义，北京：中华书局，1999 年版。

63. 苏秉琦：《重建中国古史的远古时代》[J]，《史学史研究》，1991 年第 3 期，第 1–9 页。

64. [宋] 苏轼：《苏轼文集》[M]，孔凡礼点校，北京：中华书局，1986 年第 1 版。

65. [清] 孙希旦：《礼记集解》[M]，沈啸寰、王星贤点校，北京：中华书局，1989 年第 1 版。

66. [清] 孙星衍：《尚书今古文注疏》[M]，北京：中华书局，1986 年第 1 版。

67. 唐圭璋（编）：《全金元词》[M]，北京：中华书局，1979 年第 1 版。

68. 唐圭璋（编）：《全宋词》[M]，北京：中华书局，1965 年第 1 版。

69. [晋] 陶渊明：《陶渊明集》[M]，逯钦立校注，北京：中华书局，1979 年第 1 版。

70. 佟伟华：磁山遗址的原始农业遗存及其相关的问题 [J]，《农业考古》，1984 年第 1 期，第 194-207 页。

71. 汪受宽：《孝经译注》［M］，上海：上海古籍出版社，2004 年第 1 版。

72. 王强模（译注）：《列子全译》［M］，贵阳：贵州人民出版社，1993 年第 1 版。

73. ［五代］王仁裕等：《开元天宝遗事十种》［M］，丁如明辑校，上海：上海古籍出版社，1985 年第 1 版。

74. 王守谦、喻芳葵、王凤春、李烨（译注）：《战国策全译》［M］，贵阳：贵州人民出版社，1992 年第 1 版。

75. ［清］王先谦：《诗三家义集疏》［M］，吴格点校，北京：中华书局，1987 年第 1 版。

76. ［唐］韦述、杜宝：《两京新记辑校·大业杂记辑校》［M］，辛德勇辑校，魏全瑞主编，西安：三秦出版社，2006 年第 1 版。

77. ［唐］魏征等：《隋书》［M］，北京：中华书局，1973 年第 1 版。

78. 吴敬梓：《儒林外史》［M］，张慧剑校注，北京：人民文学出版社，1958 年第 1 版。

79. 无名氏、［晋］葛洪：《燕丹子·西京杂记》［M］，无名氏：《燕丹子》，程毅中点校，［晋］葛洪：《西京杂记》，北京：中华书局，1985 年第 1 版。

80. 习凿齿：《襄阳耆旧传校注》［M］，舒焚、张林川校注，武汉：荆楚书社，1986 年第 1 版。

81. ［梁］萧统（编）：《文选》［M］，［唐］李善注，上海：上海古籍出版社，1986 年第 1 版。

82. ［南朝梁］萧子显：《南齐书》［M］，北京：中华书局，2000 年第 1 版。

83. ［唐］徐坚等：《初学记》［M］，北京：中华书局，1962 年第 1 版。

84. ［陈］徐陵（编）：《玉台新咏笺注》［M］，［清］吴兆宜注，［清］程琰删补，穆克宏点校，北京：中华书局，1985 年第 1 版。

85. ［汉］许慎：《说文解字》［M］，北京：九州出版社，2001 年第 1 版。

86. ［汉］许慎：《说文解字注》［M］，［清］段玉裁注，上海：上海古籍出版社，1981 年第 1 版。

87. ［明］许仲琳（编）：《封神演义》［M］，北京：人民文学出版社，1973 年第 1 版。

88. ［战国］荀况：《荀子全译》［M］，蒋南华、罗书勤、杨寒清注译，贵阳：贵州人民出版社，1995 年第 1 版。

89. ［北魏］杨衒之：《洛阳伽蓝记》［M］，周振甫释译，北京：学苑出版社，2001 年第 1 版。

90. ［元］耶律楚材：《湛然居士文集》［M］，台北：商务印书馆，1968 年第 1 版。

91. 余嘉锡：《世说新语笺疏》［M］，周祖谟、余淑宜整理，北京：中华书局，1983 年第 1 版。

92. ［唐］虞世南：《帝王略论》［M］，陈虎注译，北京：中华书局，2008 年第 1 版。

93. ［金］元好问：《元好问全集》［M］，太原：山西人民出版社，1990 年第 1 版。

94. ［汉］赵晔：《吴越春秋全译》［M］，张觉译注，贵阳：贵州人民出版社，1993 年第 1 版。

95. ［清］朱彬：《礼记训纂》［M］，饶钦农点校，北京：中华书局，1996 年第 1 版。

96. ［宋］朱熹：《朱子全书》［M］，朱杰人、严佐之、刘永翔主编，上海：上海古籍出版社，合肥：安徽教育出版社，2002 年第 1 版。

97. ［战国］庄周：《庄子全译》［M］，张耿光译注，贵阳：贵州人民出版社，1991 年第 1 版。

98. Houyuan Lu, Xiaoyan Yang, Maolin Ye, Kam-Biu Liu, Zhengkai Xia, Xiaoyan Ren, Linhai Cai, Naiqin Wu and Tung-Sheng Liu, "Millet noodles in Late Neolithic China" Nature, Vol. 437, No. 13, October 2005, pp. 967-968.

99. Lu H., Zhang J., Liu K., Wu N., Li Y., Zhou K., Li Q. (2009). Earliest domestication of common millet (panicum miliaceum) in east asia extended to 10, 000 years ago. Proceedings of the National Academy of Sciences of the United States of America, 106 (18), 7367-7372.